KB260680

저자 근영

임정복 수필집

삶, 도전 그리고 희망

한누리
미디어

순수한 영혼과 따뜻한 마음으로

경기도지사 손 학 규

　지난 8월 23일 늦은 오후 도지사 집무실에서 임정복 의원과의 면담 계획이 잡혀 있었다. 임 의원이 성남시 소재 노숙인 무료 급식소인 '안나의 집'에 대한 지원을 건의하기 위해 찾아온다는 것이었다. 평소 임 의원이 어려운 이웃들에게 많은 관심을 쏟고 열심히 봉사활동을 펼쳐 온 사실을 익히 알고 있는 터라 흔쾌히 면담 일정을 잡았다.

　무료 급식소 지원에 관한 이야기가 마무리 될 때 쯤, 임 의원이 자신이 수필집 출간을 준비 중이니 축하의 글을 좀 써달라고 부탁하면서 가편집된 인쇄본을 주고 갔다. 두툼한 수필집을 받아들고 바쁜 의정 활동 가운데 언제 짬을 내어 이렇게 적지 않은 분량의 원고를 작성했을까 하는 의문이 들었다.

　그런데 수필집을 읽어 내려가면서 그러한 나의 의문은 흔적도 없이 사라져 버렸다. 수필집 안에는 이러한 수필집을 매년 한 권씩은 충분히 낼 만큼 부지런하고 성실한 임정복 의원이었다. 페이지를 넘길 때마다 내가 알고 있던 임 의원과 새로운 모습의 임 의원이 번갈아 나타나 때로는 내게 잔잔한 감동과 미소를 가져다주었고, 때로는 두 주먹을 불끈 쥐게 만들기도 했다.

　사실 나는 임 의원을 순수한 영혼과 따뜻한 인정의 소유자로만 알고 있었다. 임 의원이 이번 수필집에는 그러한 그의 모습이 온전히 담겨

있다. 부모님을 가슴 속 깊이 사랑하고 존경하는 그의 보석 같은 마음, 어려운 이웃을 생각하는 그의 애틋한 마음, 조국에 대한 그의 무한한 애정을 책 곳곳에서 발견할 수 있다.

그러나, 이번 수필집에는 부조리한 현실에 대한 타오르는 분노와 지역과 나라를 발전시키고자 하는 뜨거운 열정 역시 가득 담겨 있다. 나는 수필집 속에서 신성한 분노와 폭풍 같은 열정을 소유한 임정복 의원을 새롭게 만날 수 있었다.

그리고 새로운 모습의 임정복 의원을 발견하고 난 다음에야 비로소 이번 수필집의 제목이 왜 《삶, 도전 그리고 희망》이라는 것을 알게 되었다. 이제 그는 변신하지 않으면 안 된다. 이제 그는 발전과 도약을 위해 새롭게 도전하지 않으면 안 된다. 왜냐하면 그의 분노와 열정이 그를 결코 가만히 놔두지 않을 것이기 때문이다.

앞으로 나와 독자들은 그가 어떠한 모습으로 변신할 것인지 두 눈을 크게 뜨고 지켜보게 될 것이다. 하지만, 그가 어떠한 모습으로 변신하든지 간에 분명한 것은 그의 분노와 열정이 그의 순수한 영혼과 따뜻한 마음으로부터 분출된 것이어서 정말 아름답다는 사실이다.

임정복 의원의 수필집 출간을 진심으로 축하하며, 임 의원의 무궁한 발전과 건승을 기원한다.

희망찬 내일을 위해

올 여름은 유난히도 더웠습니다.

구름도 땀을 흘리고 수은주도 옷을 벗고 싶어하는 듯한 삼복 더위에도 아랑곳하지 않고 중복을 4일 앞둔 7월 21일에 노인 복지센터 533분의 어르신들께 비지땀을 흘리며 점심을 해드렸고, 말복을 5일 앞둔 8월 9일에는 성남시 노숙자 비인가 시설인 안나의 집에서 440여분의 노숙자에게 저녁을 해드리면서 소리없는 눈물을 흘렸습니다.

국민소득 일만불시대를 만든 지 10여년이 지났건만 아직도 어두운 터널 속을 헤매며 이탈리아 교황청으로부터 지원을 받아, 외국의 신부가 앞치마를 두르고 밥을 퍼주는 현실 앞에서 모닥불을 뒤집어쓴 양 얼굴이 화끈거렸습니다. 그리곤 수치심에 남이 볼까봐 차량 뒤편에서 소리없는 눈물을 훔치고 말았습니다.

삼복 더위의 날씨처럼 온세상이 짜증스러웠습니다.

남북으로 잘리운 50여년의 세월 속에 그것도 모자라 동서로 나눠지는 지역 패권주의와 갈가리 찢어놓은 분열 상태에서 갈등의 반복이 키재기를 하는 암울한 현실 앞에 국민들은 희망을 잃어 가고 있습니다.

눈만 떠보면 하늘 높이 치솟은 부동산 가격에 내 집 마련의 꿈은커녕 일자리마저도 위태로운 현실입니다. 우리는 이대로 주저앉을 수는

없습니다. 남들은 일이백년만에 걸쳐 만든 일만불이지만 우리는 30년밖에 걸리지 않았다는 저력을 가진 위대한 국민입니다. 화합과 대통합을 이루어 타고르의 시구 속의 '동방의 등불'이 아닌 '세계 속의 등불'로 나갈 수 있는 장밋빛 희망이 있습니다.

무더운 날씨에도 불구하고 연간 3,000분의 독거노인 및 어르신, 노숙자에게 식사를 제공하는 정의사회구현봉사단 단장을 비롯한 단원 여러분과 에어컨도 없이 선풍기 밑에서 자료를 정리해 주신 간사님과 물심 양면으로 도와주신 모든 분들께 지면을 통해 감사의 인사를 올립니다.

우리 모두 희망찬 내일을 위해 다 함께 두 팔을 걷어 올립시다.

아울러 여기 모은 작품들은 「주간경기」, 「의회소식지」, 「중부일보」, 「경인일보」, 「인천일보」, 「경기일보」, 「성남뉴스넷」, 「성남일보」, 「도시신문」, 『월간문학』, 『문예사조』, 『수필시대』 등에 게재되었던 글들을 모은 것임을 밝힙니다.

2005. 9. 15

저자 임 정 복

차례

| 1부 |

더불어 사는 온화한 사회를

10

임정복 수필집 — 삶 도전 그리고 희망

| 2부 |

신발끈을 다시 매겠습니다

| 3부 |

독도 신비의 베일 속으로

12

| 4부 |

태풍 속을 헤치며

임정복 수필집 — 삶 도전 그리고 희망

| 1부 |

더불어 사는 온화한 사회를

밝은 미소와 상냥한 인사를
농군의 미소
사람을 찾습니다
수난 구조대 현장을 찾아서
감사함과 고마움은 어디에
대한민국의 미래 이대로 좋은가
더불어 사는 온화한 사회를
소중한 눈물의 위력
오월을 맞아 어머님께
독거노인 500여 분의 점심을 해 드리며
잊을 수 없는 가을 나들이

밝은 미소와 상냥한 인사를

90년대 서양 사람이 한국을 여행한 후 소감에서 '검은색 자가용이 많은 나라, 권위주의적이며 근엄함이 표정에 배어 있는 나라'라고 하는 글을 본 적이 있다.

동족상잔의 비극으로 폐허가 된 땅을 일구어 내느라 여유가 없었고, 산업부흥을 일으켜 한강의 기적을 이루다 보니 앞만 보고 달리던 습관이 몸에 배어 제2의 천성을 만들어 내지 않았나 싶다.

또한 조선시대의 유교문화와 해방 후 수십년 이어져 내려온 군사문화에서 비롯된 경직된 표정과 권위주의적인 사상까지 몸에 배어 있던 게 사실이다. 보릿고개도 잊은 지 오래고 IMF 사태도 졸업했건만 반짝했던 얼마 전 전성기의 추억을 잊지 못해서 그런지 모든 국민의 얼굴에 미소는 사라지고 근심기가 역력하다.

보름 전쯤 새벽 여섯시에 일어나 아파트 뒷동산인 영장산을 산책하던 중 '안녕하세요!' 하며 인사를 하다가 아주 낭패를 겪은 일이 있다. 새벽 어둠이 걷혀가는 산자락에는 발 빠른 장끼가 푸드득거리며 경쾌하고도 명랑한 특유의 아침인사를 하기에 나도 덩달아 만나는 사람마다 인사를 했더니 묵묵부답인 표정에 뭔가 잘못된 사람인양 힐끔 보면

서 고개를 갸우뚱거렸다.

젊은 나이에 안 됐다는 표정인지, 아니면 뭐가 좀 이상하다는 표정이 역력했다. 인사를 한 내 쪽에서 당황하지 않을 수 없었다. 어제 저녁에 무슨 일이 잘못 되었나 아니면 삶이 고달파 만사가 귀찮은지 그저 무표정한 얼굴에 말없이 앞만 보고 걷고 있었다.

장거리 산행을 하다 보면 낯 모르는 사람들이지만 생기에 넘치는 밝은 표정으로 '수고하십니다. 반갑습니다' 하고 가파른 길을 오르는 자에게 양보하며 건네주는 정겨운 말 한 마디 한 마디에 힘과 용기와 위로를 느끼는 것은 오래된 관례다. 하물며 이웃에 사는 동네 사람끼리 만났는데 닭 쫓던 개 지붕 쳐다보는 격이니 참으로 민망하고 쑥스럽기 짝이 없다.

한 번 시작한 인사를 그만두자니 뒤를 이어 오는 사람에게는 미안하기도 해 집에 와서 샤워를 하며 곰곰이 생각에 잠겼다. 내 인상이 경직된 상태에서 인사를 해서 그런지, 아니면 내 목소리가 너무 허스키해서 그랬는지. 내일은 내가 먼저 웃으면서 인사를 해보자, 매일같이 해보자 오기가 발동했다.

하루의 시작은 아침인데 '오늘 하루 모든 일이 두루 원만하게 잘 이루어지십시오' 라는 간절한 소망을 담은 인사를 계속해도 반응은 여전했다.

그러나 지성이면 감천이라 했던가. 십여 일이 지난 어느 날 새벽 먼발치에서 나를 알아본 상대방이 먼저 다정하게 인사를 했다.

'아! 의식과 정서가 바뀌고 있구나.'

나는 걸음을 멈추고 다정다감하게 손을 잡았다. '반갑습니다. 아니 고맙습니다' 라며 허리 숙여 인사했다. 갑자기 머리 속이 밝아지며 엷은 이마의 주름살이 펴지는 느낌을 받았다.

목소리가 경쾌해지며 마음이 즐거워졌다.

'건강하십시오 또 행복하세요.'

이 땅의 모든 사람들이여, 밝은 얼굴로 명랑한 목소리로 희망에 찬 내일을 설계하며 힘차게 외치자. '안녕하세요 좋은 아침입니다' 라고……

농군의 미소

늙은 소나무 껍질처럼 고희를 3년이나 지나 주름투성이 얼굴에 늘 아이와도 같은 해맑은 웃음을 잃지 않고 사시는 아버지! 나는 그런 아버지를 뵐 때마다 끝없는 행복감을 느끼곤 한다.

평생 땅을 일구며 살아 오셨던 아버지는 닭장처럼 포개져 올라간 아파트의 콘크리트 문화와는 거리가 먼 분이다. 시골의 가산을 정리하고 서울로 오신 지도 몇 해가 되었건만 끝내 적응을 못하시고 고향의 향수에 젖어 한숨만 뿌리셨다.

그저 틈만 나면 시골에 빈집이라도 하나 마련해 다시 내려가 소나 몇 마리 키우시겠다는 말씀을 입버릇처럼 하시더니, 그 말씀이 귀에 못이 박힐 무렵 시골동네를 찾아다니시며 당신이 왕년에 그렇도록 많이 밟으시고 일구셨던 흙냄새를 흠뻑 맡고 오시곤 하셨다. 아마도 아버님만의 속셈이 있으셨던 모양이다. 그런데 아버지는 오히려 더 큰 한숨만 내쉬셨다. 숫제 절망과 자조뿐인……. 그것은 부동산 투기꾼들에 의해 농촌이 너무도 농락당하고 황폐화 되어 가는 데 대한 분노와 원망 때문이었다.

기실, 전원주택이 붐을 일으키는 시절이라 산골짜기 전답도 평당 십

여만원이 넘었다. 도로가 형성된 곳이라면 몇십만원씩이고 대로변 전
답은 일, 이백만원씩이 넘는 때였으니 당연히 한숨이 절로 나올 수밖
에 없었다.

나는 보다 못해 쉬는 날이면 아버지를 모시고 경기도 광주 근교를
샅샅이 뒤지기 시작했다. 몇 달째 되던 날, 광주군 초월면 쌍동리 산
290번지에 십오륙 년 이상 묵은 밭뙈기 하나를 어렵게 마련할 수 있
었다. 감격이었다. 너무 기뻐 아버님은 속으로 우시는 듯했다.

200여 평 규모의 밭은 너무 오랜 세월 동안 방치되어 아예 나무숲이
된 듯하였다. 버드나무가 자라서 양손가락을 벌려야 잡을 수 있을 정
도로 커진 나무들을 톱으로 자르고, 돌을 줍고, 나무 뿌리를 캐고, 불
을 놓아 재를 밑거름으로 만들기 위해, 쉬는 날이면 전 가족을 동원하
여 도시락을 싸가지고 가서 매달린 결과 마침내 어엿한 본래의 제 모
습을 찾게 되었다.

남들이 보기에는 비록 보잘것 없는 손바닥만한 아주 작은 땅이지만
아버지에게 있어 그것은 이천평, 이만평보다 더 크고 소중한 터전이었
다. 그 작은 밭을 일구시는 데도 힘이 드셨던지 손이 부르트고 물집이
생기고 몸살을 앓은 적이 한두 번이 아니셨다.

마침내 이듬해엔 상추, 배추, 무, 들깨, 오이, 가지, 토마토, 감자, 호
박을 심어 정성들여 가꾼 결과 우리 식구들만 먹기에는 너무 많은 수
확을 거두었다. 아버지는 그것을 친척들, 친구들, 회사 직원들, 아파트
주민들에게까지 한 바구니씩 나누어 드렸다. 즐거움은 행복, 바로 그
것이었다. 애써 땀 흘리고 정성들여 가꾼 보람을 비로소 만끽하게 하
였다.

이후 아버지의 일과는 매일 밭에 가서서 잡초를 뽑고, 김을 매고 채
소를 가꾸는 일이었다. 비가 오는 날이면 쉬실 줄 알았는데 어림도 없
었다. 비옷을 준비해서 밭에 나가셨다. 그 정성은 누구도 말릴 수 없었

다. 그러시니 나도 쉬는 날이면 으레 도시락을 싸 가지고 가서 함께 거들 수밖에.

그러던 어느 날 아버지가 여기에 허름한 토담집이라도 하나 지었으면 좋겠다고 말씀하셨다. 비가 오면 피할 수도 있고, 일하다 힘이 들면 누워서 쉴 수도 있는 그런 쉼집 말이다. 나는 즉시 그 날부터 작업에 들어갔다. 흙을 짓이겨서 돌과 함께 쌓아 올리고 구들장을 놓고 나뭇가지를 엮어 벽을 만들고 흙을 발라 황토방을 만들었다. 부엌에서 불을 때보니 제법 아랫목이 뜨끈뜨끈한 것이 어릴 때 시골에서 느꼈던 그 맛 그대로였다. 내친 김에 풀도 쑤어서 도배를 하고 장판도 깔았다. 아주 좋았다. 그런대로 멋도 있고 운치도 있었다.

그런데 문제는 그 후부터 일어났다. 밭에 나가신 아버지가 영 돌아오시질 않는 것이다. 온 식구들이 기다림에 지쳐 있을 무렵 뒤늦게 걸려온 전화는 아예 토담집에서 주무시며 생활하고 싶다고 하셨다. 그리고, 그날부터 생각하신 것은 어서 우사를 지어 그렇게도 기르고 싶었

던 한우를 원없이 마음껏 기르는 거였다. 옛날 당신이 기르던 소는 많아야 두어 마리였고, 그것도 송아지만 낳으면 팔아서 아들, 딸 학비에 보태 쓰고, 이내 또 다시 한 마리부터 시작하는 게 고작이었다. 그러니 소 많은 집이 얼마나 부러우셨겠는가. 불혹이 지난 이 자식도 이제야 철이 든 것같아 마음이 아프다. 그래 결국 2년 전에 우사를 좀 더 늘려 짓고 암송아지로 여덟 마리를 넣어 드렸다.

큰 소일거리가 주어진 아버지께서는 즐겨 풀을 베고 사료를 주는 일에 골몰하셨다. 통통하게 살이 오른 송아지는 몰라보게 자랐으며 다시 황송아지를 한 마리 더 넣고 보니 우사가 가득찼다. 아버지는 세상에 더 부러울 게 없다 싶은 모습으로 날마다 행복감에 만족하셨다.

그러나 기쁨에 넘쳐 즐겁던 표정도 잠시뿐, IMF 체제로 접어들자 치솟는 사료 값에 비해 소 값은 폭락해 젖소 송아지 한 마리가 3만원이라는 뉴스를 들으시고부터는 아예 웃음을 잃고 마셨다. 심지어는 멀쩡히 살아 있는 생명을 비싼 사료 값 때문에 땅 속에 묻어야 한다는 비통한 보도를 듣고도 어찌할 바를 몰라 무척 슬퍼하셨다.

이제 어미 소가 되어 부를 대로 부른 배를 안고 걸음걸이조차 불편한 어미 소를 보시는 아버지의 눈빛은 뜨겁다. 어떻게든 이 어려움을 극복해야 한다는 의지 하나로 활활 타오르는 용광로의 빛을 발하고 계셨다.

가을이 되어 570kg이나 되는 황소를 겨우 kg당 4천 300원씩에 처분하셨다. 그러나 암소가 첫 송아지를 낳던 날은 무겁게만 잠겨 있던 아버지의 표정이 확신에 찬 자신감이었다. 마치 복싱선수가 챔피언 벨트를 허리에 차기 위해 12라운드를 자신 있게 뛴 바로 그 모습이었다.

그리고 이제는 어느새 어미소 10여 마리, 송아지 10여 마리, 도합 20여 마리의 대목장주(?)가 되셨다. 진실로 내 아버지는 위대한 농군이자 축산가시다. 마음이 오직 거기에 있고, 마치 그것이 당연한 사명

감처럼 엄숙하시다. 존경스럽다. 아버님이! 지금도 열심히 한우를 기르시는 그 모습이 가히 성자적이다.

노익장을 과시하는 영원한 농군으로서 오늘도 아버지는 건재하시다. 해맑은 미소를 머금으실 때는 근엄하기까지 하다.

'위기는 피하는 것이 아니라 극복하는 것'이라는 아버님을 진심으로 나는 존경한다. 그 영원한 농군의 미소를 너무나 사랑한다.

"농군 아버님 사랑해요! 부디 오래오래 행복하세요!"

사람을 찾습니다

삼천리 반도 금수강산 북위 38.5부에 선을 긋고 대한민국에는 4천 700만명이, 동토의 왕국 북한에는 2천200만의 한민족 동포가 우글거리며 삶의 현장을 일구고 있다.

좁은 땅덩어리라서 그런지 이름 있는 유명한 곳에는 사람들로 인산인해(人山人海)를 이루는 것이 대한민국의 현주소다.

이른 아침 출근시간이면 전철이나 버스 안이 콩나물시루처럼 빽빽한 인파로 발디딜 틈이 없고 점심시간 오피스 빌딩가 식당가에는 살기 위해 먹는지 먹기 위해 사는지 줄을 서서 차례를 기다리는 인파로 득실거린다.

백화점 바겐세일이 시작되면 치맛바람을 날리며 보따리 부대가 득실거리고 저녁 무렵 저잣거리에는 저녁상을 보기 위한 장바구니 아줌마 부대가 앉은 사람, 서 있는 사람, 걷는 사람들로 북새통을 이룬다.

어디 그뿐인가. 공무원 시험경쟁률이 몇 백대 일이요 대기업의 취업문이 또한 그러하니 걸리는 게 사람이요 채이는 게 또한 사람이다.

많은 사람들은 오늘도 지칠 줄 모르는 삶의 허덕임 속에 뭔지 모를 불안감을 감추지 못해 허둥대고 있다.

자고 나면 수천명이 파업이요, 농성이요, 그렇게 붉은 띠를 머리에 두르고 곳곳마다 집단이기주의가 봇물 터지듯 행해지고 있고 살기가 IMF 때보다 더 어렵다는 한숨 섞인 소리고 골이 깊어만 간다.

뭐 하나 제대로 잘 되어가고 있는 것 또한 없는 게 오늘의 현실이다.

정치 · 경제 · 교육 · 안보 · 노동 · 사회 문제까지 총체적 난국이 아닐 수 없다. 동방예의지국이라 불리던 이 아름다운 나라가 인륜과 도덕이 사라지고 끔찍하리 만큼 으스스한 반인륜적인 행위가 자행되고 있는 것 또한 작금의 현실에 땅을 치며 대성통곡하고 싶은 심정이다.

내가 제일이고, 나만이 도탄에 빠진 이 나라와 우리 고장을 구하고, 후손 대대로 영광된 대한민국을 물려주겠다던 그 많던 정치꾼들은 다 어디로 증발했는가. 아니면 칠흑 같은 어둠 속에서 또 다시 새벽닭이 울기만 기다리고 암흑의 세계를 방황하고 있는가.

일찍이 그리스의 대철학가 디오게네스는 대한민국의 현실을 선견지명의 지혜로 예언했던 것이 아닐까 하는 착각이 들기도 한다. 그는 큐니코스 학파의 한 사람으로서, 즉 우리말로 해석한다면 견유철학파(개똥철학)였다.

겉옷 한 가지만으로 일생을 살면서 무소유주의를 주장하며 토굴에서 구걸로 살면서도 구걸의 대가로 지혜를 팔고 살았던 그는 알렉산더 대왕이 찾아와 소원이 무엇이냐 들어 주겠다는 대왕을 향해 빙그레 웃으며 '내가 원하는 것은 대왕이 가로막고 있는 햇빛을 제대로 받을 수 있게 비켜 주는 일' 이라고 하여 대왕을 탄복시키기도 했다.

그는 밝은 대낮에도 등불을 들고 거리를 헤매며 항시 무엇을 찾고 있었다. 그것은 다름 아닌 현자, 사람다운 사람을 찾기 위해 거리를 방황하고 다녔다.

어쩌면 우리의 오늘과 같은 현실이 아닐까? 4천 700만 대한민국과 94만 성남시의 모든 사람들은 등불을 들고 일어서야 한다.

남을 위해 봉사하고 촛불처럼 자신을 태워 이 사회의 밝은 등불이
될 수 있는 현명한 지도자를 찾아 나서야 한다.

그래야만 내일의 미래가 있고 영광된 대한민국을 세계만방에 알리
고 대대손손 아름다운 금수강산을 물려줄 수 있지 않을까?

수난 구조대 현장을 찾아서

　도의원에 입성한 지 어언 100여 일이 지났다. 체험을 통한 현장의 생생한 현실과 관련 서적을 항상 들춰보며 지식습득에 나름대로 최선을 다하고 있는 중이다.

　지난 제175회 임시회 기간 중에 구리시 소방서 관할 수난구조대를 찾아 일선 소방관계자 및 구조대 임직원들과 현장답사는 물론 고충사항과 문제점을 파악했다.

　소방본부 옥상에 대기중인 프랑스제 볼핀헬기에 몸을 싣고 목적지인 경기도 가평군 가평읍 복정리 수난구조대를 향해 출발했다.

　10여명을 태운 볼핀헬기는 20여분만에 가볍게 가평읍 수난구조대 헬기장에 안착했다.

　구조용 모터보트를 이용해 청평댐을 돌아 남이섬 유원지를 한 바퀴 돌며 시찰에 들어갔다. 관할구역은 가평에서 청평댐을 경유 강원도 춘천시 서면 월두봉까지 총길이 31km의 약 80리 수역이었다.

　한강수계특별관리보호지역, 팔당수질보호특별대책지역, 군사시설보호지역, 그린벨트로 묶여 있음은 물론 산악지대로 개발의 어려움을 호소하며 청평댐 자체도 중간 부분이 경계수역으로 좌측은 경기도요,

우측은 강원도로 남이섬 유원지 입장료 수입마저도 강원도 몫이라는 안타까운 보고도 들었다.

수난구조대는 듬직한 소방정 1선과 0.5톤 무게에 45노트 속력의 인명구조용 모터보트 2대를 갖추고 있었다. 우리 일행은 약 2시간에 걸친 보고 및 질문과 현안문제를 다루고 나머지 일정은 청평 양수발전소 시찰을 하기로 했다.

청평 양수발전소는 호명산에 위치해 있으며 총 저수용량은 267만7천m³의 방대한 시설로 한국전력에서 소유하고 있다. 호명산 정상에 깊이 30m의 저수지는 한라산 백록담과 같은 분지를 연상케 했다. 관계자는 27만 톤의 물을 끌어올리는 시간은 전기 소모가 적은 심야에 8시간이 걸리고 그 양을 발전시키는 데는 6시간이 소모되며, 청평댐 수위보다 10m 낮은 지점에서 473m의 낙차를 이용해 터빈을 돌려 전기를 생산한다고 설명했다.

댐 주변에 더 많은 양수발전 시설을 만들어 용수를 활용해 전기 소모량이 많은 낮 시간의 위기에 대처할 수 있는 능력을 키우는 것이 필수불가결하다고 생각했다.

일행은 호명산 정상에 있는 저장시설을 찾아 나섰다. 산모퉁이를 굽이굽이 돌아 약 20여분만에 도착한 산 정상은 드넓은 천연적인 요새를 갖춘 듯한 평화롭고 자연스런 분위기를 연출해 냈다.

경기도 가평군은 어려운 경제발전 시설의 제한적인 요소가 많으나 산수가 수려하고, 경기 북부권의 가장 중요한 관광벨트권을 가지고 있으며 관광도시를 만들 수 있는 천연적인 조건을 고루 갖추고 있다.

여름산행의 명소로는 화악산이 있고 사시사철 아름답기만 한 명지산이 있다.

연인산이라 명명한 산은 용추계곡으로도 유명하며, 미륵바위로 유명한 운악산, 계곡과 갈대가 아름다운 유명산, 전국에서 둘째가라면

서러워 할 철쭉 군락지인 축령산은 관광인파가 많은 산이기도 하다.

　이러한 아름다운 관광명소를 어떻게 활용해 세계적인 관광명소를 만들어 낼 수 있느냐 하는 과제를 남긴 채 일정을 마쳤다.

감사함과 고마움은 어디에

임정복 수필집 ─ 삶 도전 그리고 희망

물질만능 시대, 황금주의 시대, 문명의 이기로 개인주의가 팽배한 시대, 정보의 홍수 속에 새로운 패러다임이 형성되는 복잡 미묘한 시대, 돈의 값어치는 하락하고 화폐의 양만 부풀려져 있는 시대.

정의는 증발하고 진실은 왜곡되고 도덕은 사라지고 윤리는 침몰하는 시대, 앞날은 폭풍전야의 어두컴컴한 뇌성벽력이 터질 것만 같은 음산한 날씨가 오늘의 우리 현실이 아닐까 싶다.

자고 일어나면 터지는 굵직 굵직한 대형사건들.

굿모닝 시티에 어느 당 대표는 4억 2000만원이 뇌물이니 아니니 비자금 150억원을 돈 세탁한 김영완 씨는 미국으로 삼십육계 줄행랑하고, 국민의 이름으로 뽑아준 대통령은 허구헌 날 특강을 16회씩이나 하는 포퓰리즘에 빠져 있고 틈만 나면 언론과의 전쟁이라도 선포할 것 같은 불안감이 여전하고, 이 나라의 산업부흥에 일조를 했던 대기업 오너가 태산같이 밀려 있는 수많은 일들을 포기한 채 하루아침에 투신자살하는 비극적인 현실 속에서 삶의 무상함과 허무감을 느끼지 않을 수 없다.

일찍이 인도의 시성 타고르는 동방의 밝은 빛이란 싯귀절에 우리나

라를 아시아의 등불이라고 말한 적이 있다.

삼천리 반도 금수강산에 지식의 자유스러움과 끊임없는 노력으로 지성의 밝은 흐름이 길 잃지 아니한 곳, 그러한 자유의 조국으로 나의 조국이여, 깨어나라고 외친 구절을 나는 참 좋아한다.

가도가도 끝이 없는 황량한 미합중국의 대륙보다 끝없이 펼쳐지는 중국의 황무지 대륙보다도 작지만 아름다운 나라, 앞을 봐도 산이고 뒤를 돌아보아도 산인 봄 여름 가을 겨울 4계절이 뚜렷한 나라, 수많은 민족이 모여 각양각색의 인종미를 풍기는 것보다는 순수한 단일민족으로 나의 땅 나의 조국을 지키는 나라, 일제 36년의 통치 아래서 조국의 독립을 위해 기꺼이 목숨을 바친 선열들, 6 · 25전쟁으로 파괴되어 버린 국토 곳곳을 파고들며 피와 땀으로 자유민주주의를 수호한 애국선열들, 폐허된 산하를 일구어 냈던 선배들…….

훌륭한 대한민국, 영광된 조국을 만들어 달라고 표를 찍어주었던 국민들에게 정치인은 물론 모든 국민도 항상 감사함과 고마움을 잊어서는 안 된다.

국민소득 76달러에 허기진 배를 움켜쥐고 허리띠를 졸라매며 뛰었던 60년대를 다시 한 번 돌이켜 보고 배고픔의 설움과 눈물 젖은 빵을 씹어 본 자만이 인생의 진가를 알 듯이 인생의 삶 자체를 진지하게 생각해 봤으면 한다.

나의 조국 나의 부모 나를 일깨워 주셨던 고마운 스승님, 오늘의 내가 있기까지 많은 도움을 주신 분들을 항시 잊어서는 안 된다. 그 분들이 있기에 오늘의 내가 있는 것이 아닐까?

세상에서 가장 쓸모 없는 인간은 감사할 줄 모르는 인간이라는 괴테의 말이 생각난다.

대한민국의 미래 이대로 좋은가

21세기는 다양한 패러다임이 요구되는 시대요, 또한 세계화 및 글로벌화가 급격해지는 시대다.

국가 경쟁력을 기초로 한 국력을 키우지 않으면 언제 도태할지 모르는 초긴장 속에 살아남기 위한 처절한 투쟁이 벌어지고 있다.

이러한 어려운 시대에 처한 우리 대한민국의 현실은 어떠한가. 우선 남북으로 분단된 58년의 세월 속에 국방비 부담율은 해를 거듭할수록 늘려야만 되는 상황이고 정치이념으로 동서로 갈라진 지역 패권주의 속에 나라를 발전시키고 국민들의 삶에 질 개선을 위해 내가 제일이라고 떠들던 정치꾼들은 요즘 유행어처럼 코드 맞는 사람끼리 모여 4당 체제를 만들면서도 내년(2004년) 치러질 17대 총선에서는 자기들만이 제일이라는 당리당략적 목소리만 높이고 있다.

칠십여일 동안 계속되던 지루한 장맛비 속에 40여년만에 최악의 흉작이 들고, 추석 후 몰아닥친 태풍 매미의 위력에 국토의 일부는 완전 초토화 되어 130여명의 인명피해와 근 5조원에 달하는 재산 손실에 수많은 국민은 삶에 희망을 잃은 채 망연자실하고 있다.

집단이기주의의 급팽창으로 목소리 큰놈이 제일인양 사방 곳곳에서

는 패를 가르는 기현상 속에 통제불능의 무정부상태를 방불케 하고 있다.

저 멀리 이국땅 멕시코의 휴양도시 칸쿤의 WTO 개최장에는 우리의 딱하고 애절한 농촌 현실을 지키기 위해 할복 자결한 故 이경해 열사의 처절한 절규에도 강대국의 힘 앞에선 별 도리가 없고, 직접적인 피해 당사자인 이 나라 정부는 강 건너 불구경하는 태도에 온 나라 농민들은 울분을 삭이지 못하고 쪽빛 가을 하늘을 향해 절규한다.

정치 경제 국방 외교 안보 교육 노동 문제가 산더미처럼 쌓여 있는 현실을 왜곡한 채, 포퓰리즘의 표상이 되어 매사에 참견하는 리더자를 보는 국민의 시선은 곱지 않을 것이다.

문득 스치는 독일의 현상과 닮아가는 듯한 모습에 소름이 쫙 끼쳐지기도 한다.

일찍이 라인강의 기적을 일구어 세계 강대국에 속했던 독일은 사회 분배제도를 도입한 후 복지국가 실현이라는 슬로건 아래 암환자 말기 증상처럼 시름시름 앓고 있는 독일의 경제를 우리는 다시 한 번 통찰해 볼 필요가 있다. 연 성장률 -2%, 실업률 12%로 성장은 멈추고 땀 흘려 일하기 싫어하는 국민들은 사회보장제도에 오염되어 가고 있다.

이제 독일은 70년대의 독일이 아니다.

사회 교육제도 시스템은 우리나라 고교 평준화 정책과 동등함에 나를 깜짝 깜짝 놀라게 한다. 말로만 떠들던 시장경제 시스템이 점점 사라지고 비능률 저효율 정책으로 바뀌는 현실 속에 일만 달러의 국민소득 시대에 오른 지 8년째 턱걸이를 하는 오늘의 우리 현 상황을 다시 한 번 짚어볼 필요가 있다.

말로만 개혁 개혁하는 나라, 일할 수 있는 젊은 대학 졸업생이 일자리가 없어 30만이 쉬고 있는 나라, 자라나는 아이들의 장래가 걱정이 되어 이민박람회가 대성황을 이루는 나라, 태어나는 2세들에게 타국

적을 주기 위해 원정 출산이 판을 치는 나라, 이래서야 대한민국의 장래가 과연 어떻게 될 것인가?

아……. 하늘이시여, 이 백성을 위하여 정치하는 분들께 진심으로 민의를 생각하고 말로만 떠드는 정치인보다는 묵묵히 하나 하나를 실천하는 진실한 봉사의 정치인을 내려주시고, 다가오는 총선에서는 우리 모두 온 국민이 힘을 합쳐서 진정한 정치인을 뽑아 장래가 보장되는 나라, 오렌지빛 전망과 꿈이 있는 나라로 다시 한 번 한강의 기적을 이룩할 수 있는 확실한 일꾼을 특별히 색출하여 주시고, 꿈과 희망과 장래가 보장되는 나의 조국 대한민국을 만들어 주십시오.

더불어 사는 온화한 사회를

가을을 맞이하면 흔히들 천고마비의 계절이라고 한다.

하늘은 드높고 말이 살이 찌는 계절을 뜻함이 아니던가!

오곡백과가 무르익은 황금빛 들녘은 바라만 보아도 그 풍성함과 넉넉한 마음이 보는 이로 하여금 흡족함을 금할 길이 없다. '더도 말고 덜도 말고 한가위만 같아라' 라고 했던 옛 선조들의 말 속에는 가을의 풍성함과 떡을 빚고 술을 빚어 이웃과 나눔의 정 속에서 생긴 말이 아닐까 스스로 자문자답해 본다.

사십년만에 최악의 흉작이 들고 추석 때 몰아닥친 태풍 매미로 인한 충격 때문일런지 올 가을 들녘을 보는 나의 눈에는 뭔지 모를 풍성함 보다는 서글픔과 허전함을 느끼곤 한다.

지난 추석 전에 태평2동 소재 '참소망의 집' 원장님으로부터 받은 전화는 요즘 살기가 너무 힘들어서 그런지 후원의 손길이 없어 힘이 든다는 내용이었다.

'참소망의 집' 에는 부모로부터 버림을 받은 27명의 뇌성마비 아이들이 원장님의 보살핌 아래 더불어 함께 살고 있다. 걸을 수도 없고 앉을 수도 없어 누워서 천장만 바라보는 아이도 있고 방바닥만 기어다니

는 아이도 있다 .

정이 그리워 잡은 손을 놓지 못하는 그 영롱하고 순박한 눈동자는 사슴의 눈동자처럼 티 없이 맑기만 하다. 자신을 버린 천륜을 끊은 부모를 원망하는 눈빛이라곤 아랑곳 없이 과자를 입에 문 채 티 없이 맑은 눈동자에 배어나는 웃음은 분명 한 송이의 꽃이었다.

자신의 분신을 버릴 정도로 삶이 고통스러웠던지 그렇지 않고서는 세상을 등지지 않았다면 한 번쯤은 맡긴 아이들을 찾아보는 게 당연한 도리가 아닐까? 참으로 한심스러움에 가슴이 메이어 온다.

복정동 '다사랑 복지마을'에는 최 목사님이 자식들로부터 버림을 받은 12분의 지체장애자들과 함께 살고 있다. 팔이 한쪽 없는 분도 있고 걸음을 제대로 걸을 수도 없는 분도 있고 울음과 웃음을 함께 토해내며 괴성을 지르는 분도 있다.

자식들로부터 버림을 받고 길거리를 배회하다 당도한 곳이 '다사랑 복지마을'이라고 한다. 목사님 또한 소아마비 환자로서 자신의 거동도 부자연스러우심에도 불구하고 이분들과 더불어 살고 있다.

항시 웃음을 잃지 않는 사모님을 뵈면 '천사가 따로 없구나' 하는 생각이 든다. 요즈음 TV뉴스에 부모를 버리는 현장을 목격한 양 등골이 오싹해지기도 한다.

금광2동 '열린 사랑의 집'에는 미혼모가 버린 아이 6명을 기르는 임원장이 있다. 다섯 살부터 여덟 살짜리 아이들 모두가 말을 못한다.

추석빔으로 나누어준 양말을 잡고 좋아라 함박 웃음꽃을 피우는 아이들을 보노라면 쓰라린 가슴의 통증과 그 안쓰러움에 두 눈에는 안개가 피어오르고 이윽고 이슬이 맺힌다. 잘못된 교육관이 빚은 우리 아이들의 문제에 한숨이 절로 나온다.

복지국가 건설이요, 삶의 질 개선이요, 선진 조국 건설이라는 허울좋은 구호는 이들에게는 먼 산에서 울려 퍼지는 메아리 소리일 것이

다.

　비인가 시설을 운영하는 세 곳의 원장님들은 어두운 사회의 등불이고 한 알의 밀알이 되어 그나마 냉정하고 비정한 현실에 훈훈함과 따스함으로 밝은 사회를 만들어 가고 있다. 국가에서 할 일을 개인 스스로 시행하면서도 그 어떤 보상도 원하지 않는 이들이 있기에 우리 사회는 밝아지는 것이다.

　스스로 자신을 태우며 어두움에 광명의 빛을 밝혀 주는 한 자루의 촛불처럼 어둡고 칙칙한 이 사회를 위하여 밝은 마음, 건강한 마음, 봉사하는 마음이 항상 우리 곁에 있는 한 우리 사회는 희망이 있다.

　다가오는 설날 명절도 따뜻한 명절이 될 것이며, 아울러 쌀과 라면 과자 양말을 후원해 주신 정의사회구현봉사단 단원들의 훈훈한 정에 감사를 드린다.

소중한 눈물의 위력

우리 민족은 예로부터 동방예의지국에 정이 많은 민족임에 틀림이 없다.

한이 많아서 그런지, 눈물 또한 많아 사극이나 연속극, 가정사나, 일반 생활 속에서도, 눈물이 없으면 재미가 없는 것 또한 사실이다.

눈물의 종류도 다양하다. 기쁠 때 흘리는 눈물과 슬플 때 우는 눈물이 있고, 억울함을 당했을 때 흘리는 원망의 눈물이 있는가 하면, 당선이나 승리했을 때 흘리는 만족감의 눈물이 있고, 깊은 감동을 받아 소리 없이 흘리는 감동의 눈물과, 분함을 참지 못해 흘리는 울분의 눈물과, 거짓을 위장한 가식의 눈물도 있다.

나이 들어감에 찬바람만 불어도 눈물이 나는 노안의 눈물과, 겨우내 쌓여 있던 눈이 봄바람에 녹아내리는 눈물은, 색다른 눈물일 것이다.

세상에 울어 보지 않은 사람은 단 한 사람도 없을 것이다. 태어날 때의 우렁찬 첫울음으로 시작해서, 죽을 때 마지막 회한의 눈물을 흘리고, 한 줌의 흙으로 돌아가는 것이 인생사가 아닐까 싶다.

나는 네 시간을 울어본 적이 있다. 할머니가 돌아가시고, 어머니가 돌아가셨을 때는 철이 들어서 그랬는지는 몰라도 죽음을 어느 정도 이

해할 나이였다.

1970년대 다정했던 친구가 군에 입대한 후, 유행성 출혈열로 세상을 달리할 때까지 친구를 살리고자 봉급을 가불도 해보고 밤을 지새우기도 했다. 끝내 정든 친구는 세상을 달리했다.

을지로 현 쌍용빌딩 앞에서 출발한 부여행 유신고속 버스에 그날따라 하염없는 빗줄기가 차창을 내리치고 있었다. 차창에 그려지는 친구와의 지난 추억이 그려지며 흐느끼기 시작한 울음은 끝내 통곡으로 변하여 엉엉 울고 말았다.

당시 안내양이 손님들께 죄송하다며 안내방송이 끝났을 때는 승객들도 따라 우는 해프닝이 벌어지기도 했다.

그리고는 눈물이 말라서 그랬는지, 아니면 각박한 인생 삶에 지쳐서 그랬는지는 몰라도, 크게 눈물을 흘린 적이 없는 것 같다.

얼마 전 『월간조선』 3월호 80쪽에, '박 대통령도 육 여사도 기자들도 함께 울었던 그 날'이란 제목을 읽으면서 또 다시 눈물을 흘리지 않으면 안 되었다.

1964년 12월 10일 박 대통령께서는 영부인 육영수 여사와 서독 방문길에 우리 동포들이 이역만리 낯설은 땅에서 지하 땅굴을 헤매며 채광을 하는 함브른 광산을 찾았을 때 광부 일행과 간호사 일행이 고국의 대통령을 영접하기 위해 작업복을 벗고 양복과 색동저고리를 입고 맞이했다고 한다.

고향을 등지고 말도 통하지 않는 이역만리 타국 땅에서 고국의 대통령 내외분을 만나니, 고향의 부모님을 만나는 듯한 감회에 영부인께서는 간호원의 손을 잡고 고향이 어디? 끝말을 맺기도 전에, 손을 잡고 우는 나이 어린 간호사들을 대하자, 영부인께서는 걸음을 걷지 못하시고, 쏟아지는 눈물을 억제할 길이 없어 휘청거리기까지 했다고 한다.

급기야 소리 없는 눈물은 애국가를 연주하던 악사도 수행 기자단도

대통령 내외분도, 대한 사람 대한으로부터는 통곡 아닌 울음바다로 마무리되고 말았다.

이윽고 단상에 올라 축사를 하시기 위해 손수건으로 눈물을 닦으신 대통령께서는, 이 어려운 조국의 현실 앞에… 축사를 끝까지 못하시고 눈물만 흘리시다, 마지막 하신 말씀은 "여기 계신 동포 여러분! 여러분께서 고생하시는 것은 후손을 위해 번영의 터전이라도 닦읍시다"라고 말을 매듭지시고, 흘리신 눈물은 이 나라 이 민족을 위하고 조국 근대화의 시발점에 값있는 눈물이었음이 분명하다.

이 광경을 지켜보고 있던 뤼부케 대통령은 "각하! 한국을 위해서는 얼마든지 도와드리겠다"는 감동 어린 말씀과 함께 최초로 1억 5천 마르크부터 1982년까지 총 5억 9천 마르크의 차관을 받아낼 수 있는 참으로 소중하고 위대한 눈물이었다.

그 차관이 원동력이 되어 조국의 근대화에 초석이 되었으며 그때 땀 흘린 광부, 간호사가 있기에 오늘의 발전된 대한민국이 있다는 사실을 우리는 잊어서는 안 될 것이다.

그 땀의 현장에 섰던 사람은 수구인가 보수인가. 그리고 덧없는 세월이 흘러 지난 대선 때 통기타를 치며 눈물을 흘렸던 오늘의 지도자의 눈물은 어떠한 눈물인지 다함께 생각해 보아야 할 때가 아닐까?

오월을 맞아 어머님께

융단처럼 부드러운 신록이 어머니 품 안처럼 부드럽고 포근한 계절입니다. 바빠진 들녘에는 어머님의 손길을 기다리는 일거리들이 산더미처럼 쌓아져만 갑니다.

어머니 평안하신지요?

고되신 일과에도 불구하시고, 새벽 첫 닭이 울면서부터 시작되는 힘들고 어려운 작업임에도 항상 웃음을 잃지 않으셨던 어머님 모습에, 철이 든 지금에서야 머리가 숙여집니다. 험난했던 보릿고개도, 끝이 안 보이는 일거리도, 말없이 묵묵히 해내셨던 그 의지야말로 나의 어머니 참 모습이었습니다.

서울 유학길에 올랐던 고교시절, 방학 때 내려가 일손을 돕다 상경할 때면 싫다고 투정부리는 저에게 바리바리 보따리 짐을 싸주시면서, 떠나가는 자식에게 눈물을 보이지 않기 위하여, 먼 산을 바라보시며, 주름잡힌 눈가의 이슬이 보이지 않게 애쓰고, 까만 점이 될 때까지 손을 흔들고 계시던 어머니 모습이 지금도 생생합니다.

언제 자라서 우리 정복이가 어른이 되나, 하시며 애처롭게 기다리시던 그놈이 어느덧 내일이면 오십이 됩니다. 할머님의 남다른 장손주

사랑에, 항시 뒷전에서 묵묵히 계셨던 나의 어머니. 자식을 위하는 일이면 모진 고생도 낙으로 삼고, 웃음 가득한 얼굴로 대해 주신 덕분에, 저 또한 항시 낙천적으로 살려고 노력합니다.

어머니, 고생 끝에 낙이 온다고 늘 말씀하시던 그 모습이 생각납니다. 그러나 어머님은 낙도 행복도 즐거움도 맞이하지 못하시고 오십육세의 한 많은 생을 살다 가셨습니다. 일년만 기다려 달라고 손목을 잡고 매달리며 하소연을 했건만, 큰자식의 단칸방 생활이 눈뜨고 보기 싫으셨던지 다시는 감은 눈을 뜨지 않으셨습니다.

1년 후면 APT를 사서 꼭 보여드리겠다던 자식의 소명어린 약속을 지켰음에도, 어머님은 영영 보시지 못하시고 떠나셨습니다. 어머니께서 애지중지하시던 손녀딸은 이제 어엿한 대학생이 되었고, 또한 보시지도 못한 어머니의 장손주도 고등학생이 되었습니다.

그리고 빨리 크기를 원하셨던 이놈 또한 어느덧 오십이 되어, 경기도의 머슴으로 일하고 있습니다. 효도 한 번 못하고, 세상을 사는 이 자식은 항상 어머님 생각에 죄스러운 마음 금할 길 없습니다.

생전에 제가 KBS TV에 출연했을 때, 어머님의 환한 모습이 어머님의 즐거우심에 첫 번째일 것이고, 결혼해서 첫 딸을 안겨 드렸을 때 그렇게도 좋아하시던 모습이 두 번째의 즐거움이셨을 것입니다.

그 후로는 근심과 걱정이 없는 평온한 천국에서 항시 자식을 내려보고 계시는 꿈을 자주 꿉니다. 어머니께 못한 효도, 경기도의 머슴으로 어르신들께 어머님을 대하듯, 최선을 다하겠습니다.

지난 해에는 1,620여분의 노인 어른께 점심을 대접했습니다. 올해는 3,000여분의 노인 어른께 점심을 해드리고자 약속합니다. 이승에서 못 누린 영광 천당에서나 누리시길 두 손 모아 기원 드립니다.

어머님 내내 평안히 계세요!

독거노인 500여분의 점심을 해 드리며

우리는 9년째 국민소득 1만불 시대를 살고 있다. 어려웠던 보릿고개도 넘겨보고 한강의 기적을 일구어 냈던 어슴프레한 기억도 간직하고, IMF도 겪어 냈건만 요즘 들어 삶의 고달품은 한결 더해만 가고 있다.

국민소득 1만불 시대를 만들기 위해 고픈 배를 움켜쥐고 허리띠를 졸라맸던, 우리 부모님들은 이제 고령화 시대에 접어들어 불편한 노구를 이끌고 자식들의 용돈에 의지하는 현실은 우리 사회 곳곳에 가슴 아프게 배어 있다.

그나마 소일거리가 있으신 분과 자식이 있는 경우는 다르지만, 이도저도 없어 생활보호 대상자로 끼니를 연명하는 안타까운 현실은, 다름 아닌 이 국가 이 정부가 책임을 져야 한다.

오늘은 만사를 제쳐놓고 정의사회구현봉사단 단원들과 독거노인 및 어르신들의 점심식사를 준비하기로 했다. 쌀 50kg, 돼지고기 40kg, 소고기 20kg, 양파 2자루, 대파 20단, 참나물 5박스를 다듬고 끓이고 볶아서 푸짐한 준비를 했다.

이왕지사 하는 김에 인절미도 네 말을 해서 한 끼의 식사일망정 최

고의 정성과 가장 맛있는 식단을 짜보자는 게 우리의 소망이었다.

이십 여명의 단원들과 이마에 구슬땀이 송송 맺히는 그 얼굴은 누가 보아도 최고의 아름다움 그 자체일 것이다.

내 가족처럼 내 식구가 한 끼의 식사를 맛있게 할 수 있도록 최선을 다하는 그 진지한 모습만큼 아름다움이 또 어디에 있으랴. 차량지원반과 비지땀을 흘리며 무거운 짐을 어깨에 맸건만 힘든 줄 모르는 보람찬 일이었다.

점심 한 끼를 드시기 위해 아침 9시부터 줄을 섰다는 노인 어르신들의 말씀을 들었을 때는 왠지 눈시울이 뜨거워졌다. 밥을 두 번 드시는 분, 그리고 좀 싸달라고 하시는 분, 이것이 우리의 현실이라면 우리는 모든 것을 다시 한 번 생각해 봐야 할 중차대한 현실이 아닐까 싶다.

말로만 2만불 시대를 지향하는 그 자체에 엄청남 모순은 없는 것인지…….

분배 분배 말로만 주장하는 정책은 복지정책엔 꼭 필요한 정책임에 틀림이 없다.

앞도 뒤도 보이지 않는 암울한 현실 속에서 내일을 기대할 수 있는 희망이 없는 삶 자체를 우리는 어떻게 해석할 것인가. 성장 속에 발전이 있고 부의 축적이 있어야 분배가 되는 것은 분명할진대 왠지 낯설은 이념처럼 들린다.

국민이 잘 살아야 부강한 나라가 된다는 사실을 아는지 모르는지 참으로 한숨이 절로 나온다.

부강한 나라 국민으로서 삶의 질이 최우선시 되는 나라, 그것이 선진국이 아닐까. 땀 흘려 일구어 놓은 나의 조국 대한민국에 희망의 등불은 언제쯤 켜지는 것인가?

국민이 희망을 잃으면 국가의 장래는 무엇으로 보장한단 말인가. 가진 자, 없는 자, 노약자, 장애인과 더불어 함께 사는 밝고 명랑한 건강

사회가 보장되어야만 희망과 꿈이 있는 나라가 아닐까 싶다.

　어두운 터널을 헤매는 한숨보다는 밝고 명랑한 웃음소리가 필요한 세상, 2만불 시대를 지향하는 온 국민의 기대와 희망 속에서 다시 한 번 화합과 전진을 호소하며 다 함께 힘을 축적하는 그런 날은 언제 올런지…….

잊을 수 없는 가을 나들이

인간이 살아가는 세상사는 참으로 복잡 미묘하다.

생로병사가 있는가 하면, 희로애락이 있고, 가진 자와 없는 자, 배운 자와 못 배운 자, 선한 사람과 악한 사람, 건강한 사람과 병들어 고생하는 사람이 함께 어우러져 사는 게 인생사가 아닌가 싶다.

20~30평 아파트가 모자라 70~80평짜리 고대광실에 금은보화도 모자라 몇 케럿짜리 다이아몬드를 소장해야 직성이 풀리는 사람이 있는가 하면, 20여평 단칸방 시설에 30여명이 옹기종기 모여앉아 천정만 바라보고 사는 사람도 있다.

63빌딩 거버너스 클럽에는 밥 한끼에 25만원짜리도 있다고 하는데, 10여만원이면 한달을 사는 비인가시설의 애달픈 삶도, 우리는 함께 살고 있는 게 대한민국의 현실이다.

오늘은 정의사회구현봉사단 단원들과 부모로부터 버림을 받은 뇌성마비 장애우들과 함께 가을나들이 계획이 있는 날이다.

연이어 내리던 가을비 탓에 가슴 조려 왔건만 9월 22일만큼은 하나님의 도움이신지, 아니면 봉사자들의 포근한 마음씨를 아는지, 날씨 또한 쾌청하고 드높은 가을 하늘의 정취를 만끽할 수 있는 참으로 선

택받은 날이다.

29명이 함께 살고 있는 참소망의 집에는 팔다리가 비틀어지고, 머리를 가눌 수 없는 애들과 서지도 앉지도 못하는 상태로 누워서 천정만 바라보고 평생을 살아가야 할 부모로부터 버림을 받은 아이들이 있다.

우리는 업고, 안고, 떠메고 30여분을 걸을 계획이었으나 계획을 수정하지 않을 수 없었다. 차량을 동원해 2인 1조로 팀을 만들고 새벽 6시부터 정성들여 김밥과 유부초밥, 오뎅국, 과일, 그리고 음료 및 과자류를 운반해 희망대공원으로 향했다.

만약의 사태를 대비하고자 성남소방서 119구급대도 한 대 지원받아, 차질없는 완벽한 준비를 했다.

오곡백과가 무르익는 풍요로운 가을 하늘에 만국기 대신 형형색색 풍선을 불어 공놀이도 하며, 가을 소풍을 즐기는 아이들의 눈빛도 마냥 즐거워 보였다.

걸을 수 있는 아이는 손목을 잡고 걸리고, 업을 수 있는 아이는 업고, 가을빛을 흠뻑 마시게 하고 싶었다. 이 아이들도 대한민국 국민이요, 이 나라 자식인데 잘못된 운명만 탓할 수는 없지 않는가?

부모 자식간의 인륜을 넘어 천륜의 인연을 끊고, 버리는 그 자들을 이해하기는 너무나 가슴 아픈 현실이었다. 얼마나 먹고 살아가기가 어려웠기에 자신의 혈육을 내동댕이치고 떠나갔을까?

참으로 이해하고 싶지 않은 심정이었다. 행사장을 찾아 주신 구청장, 신흥2동 동장, 시의원들과 그리고 119구급대 대원 및 정의사회구현봉사단 여러분께 머리 숙여 감사드리고 싶다.

'여러분! 감사합니다. 오늘은 여러분의 가슴 속에 영원히 지워지지 않을 가을 나들이인 것이 분명합니다.'

| 2부 |

신발끈을 다시 매겠습니다

일백회 청계산 등정을 마치고
신발끈을 다시 매겠습니다
명산 금오산을 찾아서
눈이 내리네
영하 17도에도 구슬땀이 송송
소쩍새가 구슬피 우는 밤
작은 금강산을 찾아서
갑신년을 회상하며
아, 지리산
화마가 휩쓸고 간 상처

일백회 청계산 등정을 마치고

나는 산을 참 좋아한다.

산에는 나만이 느낄 수 있는 인생 삶의 진리를 느낄 수 있어 좋다.

꽁꽁 얼어붙었던 대지 위에 입춘이 지나면 서서히 땅 속에서 훈기를 느낄 수 있고 아지랑이가 모락모락 피어 오르기 시작하면 노란 산유화 꽃망울이 터지고 이윽고 진달래가 피기 시작한다.

대지를 뚫고 힘차게 올라오는 연약한 풀잎에서도 나는 자연의 신비함을 느낄 수 있고 노란 개나리가 봉오리를 터트릴 때 쯤이면 기나긴 동면에서 깨어 기지개를 켜고 있는 내 인생의 새로운 한 해의 시작에 늦잠을 깬 양 화들짝 놀라곤 한다.

온 산이 보드라운 엽록색으로 물들기 시작하면 그 포근함에 삶의 생동감이 저절로 솟아나기도 한다.

아카시아 향에 취해 신록을 바라보고 있노라면 어느새 밤꽃 향에 도취되어 청춘의 거선과 같은 고동 소리를 느끼곤 한다.

이때쯤이면 청계산을 찾는 인파가 최고조에 달하는 때가 아닌가 생각된다. 청계산은 성남시, 과천시, 의왕시와 서울 서초구의 공동 경계 구역이기 때문에 등산인파가 많을 수밖에 없는 입지적 조건을 갖춘 곳

이기도 하다.

1999년 4월 따스한 봄날 최희석 사장과 함께 청계산 매봉을 찾아간 것이 첫 인연이었다. 그전에는 주로 서울의 북한산과 도봉산 수락산을 즐겨 찾았는데 86년도에 성남으로 이사를 왔음에도 불구하고 남한산이나 찾았지, 청계산은 가보지 못한 가깝고도 먼 산이었다. 청계산은 우선 산세가 부드럽고 바위가 많지 않은 흙이 많은 산으로서 여성스러운 면과 거리가 가깝다는 점이 좋았다.

도봉산이나 북한산은 돌이 많고 산세 또한 남성스럽고 험하며 인수봉, 우이암, 만장봉, 도봉, 주봉 등 암벽등반을 할 수 있는 석질이 화강암석으로 단단하고 가끔 추락사고도 나곤 한다. 반면에 청계산은 산 전체가 아담하며 계곡과 계곡으로 연결되어 있고 매봉, 돌문바위, 매바위, 망경대, 마왕굴을 제외하곤 돌을 보기가 어려운 산이다.

등산 인파가 제일 많은 코스는 원지동에서 토끼굴을 통과해 야영장을 거쳐 매바위 매봉을 가는 코스로 서울쪽에서 제일 많이 이용하는 코스이고 헬기장에서는 각종 산악회들이 모임을 갖곤 하는 장소인데 어느 날 서초구 국회의원이신 김덕룡 의원님을 만나기도 했다.

산을 즐겨 타는 사람들은 옛골에서 출발해 혈흡제를 거쳐 망경대, 이수봉을 거쳐 하산하는 코스인데 이제는 많이 알려져 여기도 많은 인파가 몰리고 있다. 2000년 4·13 총선 때 투표 후 산에 갔더니 손학규(현 경기도지사) 의원님과 사모님을 이수봉에서 만나 반갑게 인사를 나눈 적이 있는 코스다. 한적한 코스로는 금토동에서 출발하여 벌터 좌측 코스를 타면 약 1시간이면 국사봉 545m에 도착한다.

국사봉은 고려말의 충신이었던 조윤이 태조 이성계가 조선을 세우자 패망한 고려의 앞날을 걱정하며 눈물을 흘렸다는 봉우리라 하여 이름 지어진 곳이라고 한다.

정상에는 벤치 의자 1개와 통나무로 만든 앉을 자리 3개가 등산객

을 맞이하고 있다. 국사봉에서 하오 고개길 쪽으로 약간만 내려가면 노송 한 그루가 있는데 그 아름다운 자태가 조경사가 손을 대도 그렇게 아름답게 만들지 못할 자연 그대로의 맵시를 자랑하고 있다.

이른 아침 7시에 출발하여 땀을 식히고 있는데 산행 중이던 분당구 임태희 의원님 일행과 만나 잠시 동석을 하게 되었다. 국사봉에서 이수봉 쪽으로 내려가는 코스는 상당히 가파르고 눈차인 겨울철에는 아이젠 착용이 필수적인 코스다. 이럭저럭 산행을 하다 보니 청계산 산행이 10여 차례가 넘을 즈음, 동국대 국제정보대학원을 졸업한 원우들과 동산회라는 산악회를 만들게 되어 내가 등반대장을 맞게 되었다.

등산코스는 아침 7시에 집결, 금토동을 출발 국사봉, 이수봉, 금토동 벌터로 약 3시간 코스인데 철쭉꽃이 필 무렵이면 가장 많은 군락지를 형성하는 코스였고 등산객이 많지 않은 아주 조용하고 한산한 코스다. 매월 1회씩 등산을 하다 보니 산을 좋아하는 사람들로부터 시간이 나면 등산을 같이 해보자는 제의도 받았다.

항시 나를 물심양면으로 도와주시는 황선우 회장님과 여러 차례 산행을 하면서 많은 이야기와 고견을 경청하며 산행을 하던 어느 날 내가 청계산 100회 산행을 해보겠다고 말씀 드렸더니 반신반의하시면서도 찬성쪽으로 기울이셨다. 회장님과 나는 띠 동갑이지만 그 연세에도 불구하고 대단한 건강 체질이셨다. 그 때부터 100회의 목표를 달성하기 위하여 많이 갈 때는 한 달에 5~6회의 등산을 한 적도 있다. 우리는 코스의 단조로움을 피하기 위하여 옛골에서 출발, 매봉-혈홈제-마왕굴-청계사-과천 매봉에서 다시 되돌아 이수봉-국사봉-금토동을 산행하는 장장 6시간짜리 코스를 개발하기도 했고 때에 따라서는 2시간, 3시간, 4시간짜리 코스를 만들기에 익숙해졌다

원래 청계산은 고려 때 청룡산이라 불리어졌으며 대동여지도를 만든 고산자 김정호에 의하여 청계산이라 개명되었다고 한다. 청계산에

는 주봉인 해발 618m의 망경대가 제일 높으며 현재는 군사시설로 통신용 안테나가 설치되어 있고 그 밑에는 마왕굴이라 하는 자연동굴이 있는데 그 동굴은 거대한 바위와 바위가 포개져 형성되어 있으며 사람 4~5인이 앉고도 남을 만한 포근하고 아늑한 동굴이다

옛날 금호 김시습 선생께서 기거하셨다는 전설도 있고, 또 다리가 다섯 개 달린 괴상한 짐승이 다른 여러 무리의 산짐승을 데리고 동굴에서 살았다는 전설(동굴 앞 소개서 참조)이 있으나 마왕굴에 들어가려면 약 5m 정도의 암벽등반을 해야 되는데 믿거나 말거나이다. 마왕굴 앞에는 어른 장정 손목 둘레보다 큰 참옻나무 한 그루가 여름철이면 무성한 잎으로 시원한 그늘을 만들어 주었는데 몰지각한 어느 양반이 옻나무 밑동 껍질을 다 벗겨가 결국은 죽고 말았다. 하도 애통하여 껍질이 벗겨진 자리에 진흙을 발라주고 종이로 돌돌 말아 매 놓았으나 나의 정성 부족인지 결국 죽고 말았다. 약에 쓸 양이면 줄기 몇 가지만 잘라갈 것이지 욕심 사납게 밑동부터 나체로 만들어 놓은 심사에 가련함을 늘 느낀다.

마왕굴 앞에 돌틈에서 맑은 석수가 나오는데 요즈음은 양이 그리 많지 않고 약간만 고여 있을 뿐이다. 청계산에는 내가 아는 약수터만 해도 일곱 군데가 있는데 그중에서 옻나무 약수터만 소개할까 한다. 옻나무 약수터는 상적동 마을을 따라 우측으로 가서 산등성이를 타다 곧바로 가면 매봉쪽이고 좌측으로 가면 혈흡제인데 어느 사람이 켄서(암) 판정을 받고 비가 오나 눈이 오나 3년에 걸쳐 약수물을 마시고 완치가 되었다는 소문에 사람들이 줄을 잇고 있다. 약수물이 좋은 점도 있겠지만 그 사람이 살고자 하는 확고한 의지력이 병을 낫게 하지 않았을까 하는 생각이 든다.

지난 어느 해 겨울 산행 때의 일이다

함박눈이 소복소복 쌓여 온천지가 백의의 세계로 아름답기 그지없

었다. 함박눈은 이윽고 진눈깨비로 바뀌어 한치 앞을 볼 수 없는 날씨로 변해 버렸다. 낮은 산이고 60회 이상 등산을 한 터이라 코스도 훤히 알고 있는 터였지만 길을 헤맸던 웃지 못할 일도 있었다. 산은 항상 겸허한 마음으로 조심해서 접해야 한다는 숨은 진리를 찾는 순간이기도 했다. 봄이면 꽃이 피고 여름이면 신록이 우거지고 가을이면 단풍잎이 물들고 겨울이면 눈 쌓이는 산은 어디에도 마찬가지지만 가장 가까운 거리이고 망경대 위에 누웠노라면 청딱다구리의 나무 쪼는 소리와 청계사에서 울려 퍼지는 산사의 종소리는 세속의 묵은 때를 씻기우는 듯하여 계곡의 맑은 물에 얼굴을 비춰 보기도 한다.

많은 사람들이 나보다도 더 많이 청계산을 오르내렸지만 결심한 지 3년 만에 100회를 등정하고 등정기념으로 황 회장님으로부터 잠발람(등산화)을 선물 받았다. 누구나 마음먹기에 달린 문제가 아닐까 생각이 든다. 그 바쁜 와중에서도 청계산 100회를 계획했고 그 목표를 실천하기 위해 한 발 한 발 하루하루를 쪼개 쓴 결과 결국은 해내고 말았다는 자부심에 다시 한 번 놀라지 않을 수 없다.

100회의 등반을 할 수 있게끔 항시 도와주시고 함께하셨던 황선우 회장님께 감사드린다.

신발끈을 다시 매겠습니다

항상 보내는 한해는 다사다난했던 한 해라고들 합니다. 또한 맞이하는 한 해는 희망찬 새해가 될 것이라고 기대해 봅니다.

계미년의 한 해는 국제적으로나 국내적으로 많은 변화가 이루어진 한 해였습니다. 미국의 테러와의 전쟁으로 인한 이라크 침공! 국내적으로 새로운 리더의 취임과 갈팡질팡하는 모습에 많은 국민들은 TV 뉴스와 신문을 멀리하는 이변을 창출하기도 했습니다.

포퓰리즘과 아마추어리즘에 국정 운영은 3%대 미만의 경제 성장률을 감축시키는 결과를 초래했고 이국의 땅이요 국제적인 휴양 도시인 멕시코 칸쿤에서 개최된 WTO 회의장에선 이 나라 농민을 살리기 위해 활복 자살한 故 이경해 열사의 애절한 절규도 영원한 메아리 속으로 사라진 지 오래입니다.

계미년을 마감하는 나 자신 또한 참으로 분주한 한 해였습니다. 1천만이 넘는 경기도민의 삶의 질 개선을 위해 27개 시 4개 군인 경기도 31개 시군을 두루두루 방문하여 지역현안의 문제점을 발췌하기에 동분서주했던 한 해였습니다.

이제 의원 생활한 지도 17개월의 세월이 흘러 지나갔습니다. 행정

사무감사 준비를 위해 밤을 새우기도 했고 현장을 방문하여 실제로 문제점을 파악하는 데는 많은 어려움도 많았습니다.

계미년 한 해 3천여 분의 노인 어르신께 경로당을 찾아다니며 점심을 손수 제공해 드리며 소외된 이웃과 더불어 함께 사는 밝고 명랑한 건강사회를 만드는 데 최선을 다했습니다.

다가오는 갑신년에도 3,000분의 노인 어르신께 점심을 제공해 드리는 계획과 24년 전 인구 34만명 때 지은 성남소방서를 새로 짓는 데 총력을 기울이고자 합니다.

현재 수정, 중원구 시가지는 인구 55만을 넘고 있으나 5백 20여평의 낡은 소방서 건물은 다른 시군의 소방파출소 만도 못한 빈약한 시설입니다. 시민의 인명과 재난보호에 조금이라도 소홀해서는 안 될 중대한 시설이 방치되어 있다는 것은 참으로 서글픈 일입니다. 말보다는 행동으로 소신껏 묵묵히 일하는 자세가 필요하리라 생각합니다.

잔나비 띠로서 다가오는 갑신년은 새롭기만 합니다. 올해에는 잠자는 시간을 다섯 시간 이내로 줄일 것입니다. 자신과의 처절한 투쟁을 할 것을 다짐해 보며 또 한 권의 책을 쓰고자 계획해 봅니다.

자! 열심히 일하고, 밝고 명랑한 건강 사회를 이룩하기 위해 신발끈을 다시 매고 열심히 뛰어 보겠습니다.

명산 금오산을 찾아서

　필자가 금오산을 처음 찾은 때는 1984년도 모 제약회사 영업소장 시절에 등산대회에 참가하게 되었는데 당시 등반 대상의 산이 바로 금오산이었고, 특히 나 자신이 일등을 한 후 20여년이 흐른 오늘에서야 또 다시 찾게 된 것은 큰 감회라서 새롭지 않을 수 없다.

　계미년 동짓날을 하루 앞두고 새벽 5시에 일어나 여장을 꾸렸다. 갑자기 올 들어 최고로 추워진 영하 8도의 날씨에도 아랑곳없이 구미로 향했다.

　경상북도 도립공원인 금오산은 구미역에서 약 4㎞ 떨어진 우뚝 솟은 돌산으로서 높이 976m의 위용을 자랑하는 산으로 고려시대에는 남승산이라 불렀다고 한다.

　우선 초입에 들어서면 1947년 5월에 준공된 금호저수지의 맑은 물이 금오산의 정취를 한결 청량하고 깨끗하게 빛내주고 있다. 넓은 주차장 우측으로 향하면 깨끗하고 말끔하게 정비된 도로를 따라 올라가노라면 첫 번째 만나는 곳이 케이블카 탑승장이다.

　전에는 없던 돌탑이 이십년의 세월을 말해 주는 듯해 새로운 맛이 감돌았다. 등산로에는 돌을 깔아 정결한 맛과 돌이 많은 산이란 것을 한

눈에 짐작할 수 있다. 다음에 만나는 것은 금오산정 정문을 통과하여 계속 오르노라면 해운사 밑에 있는 운흥정(雲興井)이라는 샘물이 돌 속에서 졸졸 흐르는데 지하 168m에서 흘러 나오는 알칼리성 석간수로서 물맛이 담백하여 금오산을 찾는 이들에게 물 공양을 해주고 있다.

기암괴석 밑에 웅장하게 자리잡고 있는 해운사는 1992년에 봉안한 칠성탱화가 있으며 자리 또한 기가 막힌 명당이다.

절 뒤로는 깎아지른 듯한 암벽이 병풍처럼 둘러싸여 있는 천하의 요새지이다. 해운사에서 우측으로 약 200m 오르면 도선굴이 나오는데 설악산에 있는 금강굴을 연상케 한다. 암벽에 쇠줄을 박아 추락을 방지하게 만들어 놓았으나 많은 인파로 인해 암벽이 닳아 있어 미끄럼에 주의해야 한다.

도선굴은 천연동굴로서 굴의 폭과 높이는 약 5m 정도이고 길이는 10m 정도 되며 불상을 모시고 촛불을 밝히고 있다.

신라시대 도선이라는 고승이 이곳에서 참선하여 도를 깨우쳤으며 풍수지리의 창시자가 되었다는 설이 있다. 도선굴에서 해운사 절 아래를 굽어보면 구미시 일원이 한눈에 들어오는 경관을 만끽할 수 있는 명소이기도 하다. 도선굴 옆에 있는 대혜폭포 또한 일품이다.

대혜폭포는 금오산 중턱 해발 400m 지점에 수직으로 약 27m 가량 떨어지는데 그 물소리가 '금오산의 명금을 울린다' 하여 일명 명금폭포라고도 한다. 또한 폭포에서 떨어진 물이 깊이 파여 깊은 웅덩이를 이루고 있는데 이곳에서 선녀들이 내려와 목욕을 하고 승천했다고 하여 욕담이라고도 한다.

대혜폭포를 지나서부터는 할딱 고개가 나오는데 계속 할딱거리며 올라야 하는 가파른 고갯길이다. 잘 자란 나무들이 하늘을 찌를 듯하여 겨울에 두터운 외투를 입은 여인보다는 가릴 데를 가린 여신을 보는 듯하여 겨울철의 시원함을 느낄 수 있다. 산등성이 못미처 좌측으

로 가면 마애보살상 길 표시가 나오나 시간상 갈 수 없는 안타까움을 달래며 정상을 향해 달렸다.

산등성이를 넘고부터는 완만한 코스로 계속 이어져 976m의 정상이 나온다. 정상 뒤로는 통신기지 시설의 철탑과 군인들이 주둔하고 있으며 거대한 약사봉 사이로 내려가면 약사암이 나온다. 신라시대 때 지어졌다는 약사암은 거대한 약사봉 밑에 절을 지었다는 점에 다시 한 번 놀라지 않을 수 없다.

백운 주지 스님의 안내로 안채에 들러 덕담도 듣고 떡과 차를 대접받았는데 시루떡의 맛은 꿀맛보다 더 달았다. 물론 아침도 거르고 점심도 못 먹은 탓인지라 맛은 더할 수밖에 없겠지만 김이 모락모락 피어 오르는 시루떡을 976m의 약사봉 밑에서 먹는 맛은 생각만 하여도 꿀맛이 아닐 수밖에 없었다.

동짓날 신도들의 예방을 위해 미리 만든 떡을 공양 받아 고마움과 죄송스러움이 함께 교차되었다. 약사암은 그리 크지는 않으나 거대한 약사봉 밑에 제비집처럼 안주해 있는 모습 또한 가경이다. 백운 주지 스님께 합장하고 하산을 시작했다.

특히 금오산은 故 박정희 대통령의 선친 선영이 모셔져 있는 산이며 금오산의 정기를 받고 태어나셨다는 글을 읽은 적이 있다.

권 옹께서 쓰신 《터》란 책에는 금오산은 산 자체가 금까마귀 형이며 포란형으로서 금까마귀가 알을 품고 있는 형상으로서 우리나라 최고의 명당 터란 글이 새삼 떠오른다. 그런 명당의 정기를 받고 태어나셔서 그러했던지 위대한 영도력과 강한 지도력은 역사에 길이 남을 것이다.

금오산은 구미시의 허파와도 같은 소중한 산이기에 더욱 세심한 배려로 보존하여 많은 사람들의 삶의 활력소가 되어주길 소망하며 금오산의 정기에 흠뻑 취해 본다.

눈이 내리네

어제 낮부터 눈이 내리기 시작했다. 첫눈은 아니지만 오랜 만에 함박눈을 보니 웬지 갑신년의 새해가 축복 속에 시작되는 느낌이 들었다.

지친 몸을 이끌고 퇴근하는 길에 포장마차라도 들러 뜨끈한 오뎅 국물에 소주 한 잔 걸치기엔 딱 기분 좋은 날이었다.

아침에 일어나 보니 온 세상이 하얗게 눈으로 덮여 있었다. 두꺼운 파카를 걸쳐 입고 모자까지 눌러 쓰고 영장산을 향했다.

따스한 온기가 배어 있는 이불을 걷어치우기에는 여간 힘들지 않은 자신과의 싸움에서 승리한 결과였다. 산에는 제법 많은 눈이 쌓여 있고 나뭇가지마다 눈꽃이 피어 그야말로 백의의 순박한 세계가 펼쳐지는 느낌이 들었다.

항시 삼사백 명의 인파로 북적대는 영장산에는 오늘따라 사람 보기가 어려운 날인 것 같다. 노인 어른들이 눈이 오니까 미끄러운 산길을 피하고 오늘 아침 하루는 집에서 쉬시는 모양이다.

눈은 제법 쌓여 발목을 덮고 있고 누군가 부지런한 사람이 눈사람도 뭉쳐 놓았고 눈길을 터놓아 미끄럼만 주의하면 큰 문제는 없을 것 같

다. 눈이 오는 날은 포근하다. 또한 눈 덮인 산자락은 두터운 솜이불을 뒤집어 쓴 양 훈훈한 느낌이 든다.

온갖 오물을 뒤집어 쓴 지저분한 세상사를 하얗게 깨끗하게 말끔히 덮어주는 대단한 위력도 발휘하는 자연의 힘 앞에선 항상 겸손해질 수밖에 없다.

그래 복잡 미묘한 세상, 윤리도 도덕도 땅에 떨어져 짓밟혀진 세상, 정의는 증발하고 진리는 사라지고 거짓과 위선이 판을 치는 세상에 단 오늘 하루만이라도 다 덮어 버리고 순수한 백의의 세상을 만들어 보자꾸나.

남녀노소, 가진 자, 없는 자, 다 포용하여 더불어 감싸안아 보자. 밝고 투명하고 땀 흘려 일한 자가 땀의 대가를 소중히 인정할 줄 아는 밝고 명랑하고 건강한 세상을 기대해 보자.

위선 앞에는 정의의 칼을 휘둘러 잠재우고 만용 앞에는 누운 풀처럼 좀더 겸허해 보자. 불의와 타협하지 않고 흑과 백의 진정한 진리를 일깨워 보자.

꽃잎처럼 한 잎 두 잎 떨어져 온 세상을 하얗게 수놓듯이 우리 함께 힘을 모아 그 힘으로 대한민국의 위대한 저력을 다시 한 번 세계 만방에 떨쳐보자.

그리고 녹아서 한 그루의 나무에 생명수가 되듯이 우리 또한 후세의 밑거름이 되어 밝은 세상 희망이 있는 미래의 대한민국을 만들어 보자.

그 힘에 칼바람 몰아치는 폭풍 한설의 겨울 추위도 훈풍에 눈 녹듯이 서서히 녹을 것이다.

저 멀리서 봄 오는 소리가 서서히 들려오는 포근한 아침인 것 같다.

갑신년 새해 1월 13일 오전 9시

영하 17도에도 구슬땀이 송송

　17년만의 최고의 추위라고들 매스컴에서 야단법석이고 또한 올들어 가장 추운 날씨였다. 옛말에 대한 추위가 소한 추위 집에 놀러 왔다가 얼어죽었다는 말도 있듯이 맹추위가 시작되는 것은 소한부터 되는 것이 순리였으나, 요즈음은 시대의 변화에 따른 것인양 비 또한 시도 때도 없이 내리는가 하면, 게릴라성 폭우라 하여 집중적으로 한 곳을 강타하는 폭우로 인하여 인명과 재난손실이 잇따르고 있다.

　이번 대한 추위는 이름 그대로 동장군을 몰고 오면서 제 몫을 톡톡히 해냈다. 강원도 지방의 대설주의보와 제주도 한라산에는 1m가 넘는 많은 눈도 함께 했다는 것이 이번 대한 추위의 특징이었고, 서울지방에도 10㎝가 넘는 눈이 내려 눈요기하기는 좋았으나 교통대란에 가진 게 없는 이들에게는 더욱더 움츠러들었음에 가슴 또한 저려 온다. 눈이 쌀이라면 없는 자에게 골고루 나누어주고 싶은 철부지 같은 충동감도 느껴 본다.

　세상에서 가장 강한 사람은 자기를 이길 줄 아는 사람이라고들 말한다. 추위에 웅크리고 있으면 더 추워 보이고 따뜻한 아랫목만 찾으면 활동하기가 더 싫어진다. 서 있으면 앉고 싶고, 앉으면 눕고 싶은 게

사람의 심리이고, 마음은 있지만 행동으로 옮기기 어려운 것 또한 인간의 본능이 아닐까 싶다. 폭풍한설 몰아치는 엄동설한이요 체감온도는 영하 20도가 훨씬 넘을 수밖에 없는 산꼭대기를 헤맨다는 것은 실로 쉬운 일만은 아니었다.

파카를 걸치고 배낭을 챙겨 남한산을 향하는 데는 망설임이 엇갈리는 순간이었다. 약사사 입구로 해서 만덕약수를 오르는 할딱 고개를 채노라니 이마에 땀방울이 송송 맺혔다. 수건을 꺼내 이마의 땀을 닦고 약수를 한 컵 마시니 그 시원함은 말로 형용할 수 없이 달콤했다. 만인에게 덕을 베푸는 만덕 약수터를 지나 산성을 따라 동문으로 해서 황진이가 금강산을 갔다가 쉬어갔다는 송정암을 거쳐 장경사에 이르는 동안 거의 사람이 없었다.

밟지 않은 눈이라 굳이 아이젠 착용을 할 필요를 느끼지 못했으나 그 대신 눈 쌓인 등산로를 찾기에는 러셀을 해야 했다. 발목이 덮이는 눈길을 걸으며 눈 덮인 산야를 혼자서 길을 만들어 가노라니 온몸에서 땀이 배어 나오며 저절로 흥이 났다.

동장대를 향해 입김을 훌훌 날리며 올랐을 때에는 살을 에는 듯한 폭풍 한파가 눈보라를 일으키며 휩쓸고 지나갔다. 체감 온도는 영하 20도가 훨씬 넘는 강추위였으나 내 체온만큼은 뜨거운 열을 발산하고 있었다. 땀을 닦은 수건을 포켓 주머니에 넣어 둔 것이 얼을 정도이니 맹추위임에는 틀림이 없다. 성곽을 따라 수어장대로 남문으로 해서 내려온 산행이었지만 감회가 깊었다.

누군가 산을 찾는 사람을 위하여 등산로 눈길을 개척해 놓은 뿌듯한 성취감이 나를 한결 기쁘게 했다. 에베레스트 8848봉 등정길에 조난사한 영국의 유명한 등산가 말로리는 생전에 기자들이 모여 '왜 산에 오르느냐' 고 질문을 던지자 'Because of it is there' 라고 했듯이 '그것이 거기에 있기 때문에 도전했다' 는 유명한 말이 생각난다.

세상은 노력하는 자만의 것이다. 그 노력은 소중한 땀방울의 결정체가 모여서 이룩된다는 확실한 진리를 항시 잊어서는 안 될 것이다. 그 땀방울의 소중한 대가를 우리는 잊고 사는 것은 아닌지!

소쩍새가 구슬피 우는 밤

　봄은 계절의 여왕이고 여성을 의미하기도 한다. 겨우내 꽁꽁 얼어붙었던 대지 위에 희망의 새움을 싹틔울 때 산고의 진통이 따르듯, 모진 꽃샘추위 또한 시샘을 부리기도 한다.

　앙상한 가지 위에 노오란 산유화가 봉오리를 틔우는가 싶더니, 이윽고 개나리가 피고 울긋불긋 진달래가 피기 시작하면서, 처녀의 부푼 젖무덤인양 부풀대로 부풀어 오른 목련꽃 몽오리가 터지고, 벚꽃이 피어 만발한 가운데 눈가루를 휘날릴 즈음에는 이꽃 저꽃 서로 경쟁을 하며 산천지에는 이름 모를 꽃으로 새 단장을 한다.

　그 부드러운 엽록색으로 아름다움을 자아내는 모습은 청순한 소녀가 몸단장을 하는 양, 연지곤지에 분을 바르고 새 색시로 성숙하는 모습이다.

　앙상했던 가지에 봄바람도 쉬어갈 틈이 없이 하루가 다르게 융단을 깔아 놓는 양, 그 부드러움과 포근함은 여인의 살결과 품안 같기도 하다. 이때쯤이면 부지런한 장끼는 새벽부터 일어나 까투리를 부르기에 여념이 없고 이름 모를 철새 또한 새로운 보금자리를 만들어 종족보존의 본능으로 희망을 설계하기도 한다.

봄의 꽃내음과 더불어 나른한 단잠을 깨우는 구슬픈 울음소리를 들을 수 있는데, 그것은 다름 아닌 밤에만 우는 소쩍새 울음소리다. 소쩍새는 올빼미과에 속하는 철새로서 천연기념물 324호인 보호 조수이며 몸길이는 약 20㎝밖에 안 되지만 그 울음소리는 1~2㎞까지 울려 퍼진다.

옛 우리 조상들은 소쩍새의 울음소리를 듣고 그 해 농사의 풍작과 흉작을 점쳤다고 하는 설이 있는데, 소쩍당, 소쩍당하고 들리는 소리는 솥이 적으니 큰솥을 준비하라는 풍년을 기약하는 울음소리고, 소탱, 소탱하고 우는 소리는 솥이 텅텅 비어 흉년이 들 것이라는 소리로 알았던 것이다.

소쩍새는 4월부터 10월까지 우리나라에 와서 번식을 한 후 다시 따뜻한 남쪽나라를 찾는 여름 철새이기도 하다.

또한 야행성 조류로서 삼림이 우거진 숲 속에서 번지벌레, 딱정벌레, 메뚜기, 풍뎅이, 매미를 잡아먹고 사는 이로운 새이고, 소리 내어 우는 새는 숫놈이며, 초저녁부터 새벽녘까지 구슬피 울어댄다.

필자가 소쩍새 울음소리를 근접에서 들은 경험이 있어 그 울음소리만 들어도 모골이 송연해짐을 느낀다.

1978년도 암벽등반에 미쳐 북한산 망경봉을 자일 없이 등반할 때였다. 야바위를 탄다고 하는 야간 암벽 등반길이었다.

팔월 한가위 보름달이 유난히도 환하게 비춰지며 싸늘한 밤기운에 푸르스름한 달빛이 거대한 암벽의 감춰진 부분을 비추고, 젖 먹던 힘까지 다 동원을 해 조심스럽게 한 발 한 발 전진을 할 때였다.

난데없이 나무 가지 위에 새 한 마리가 날아들더니 필자를 보고 소쩍궁 소쩍궁하고 하도 구슬피 울어대며 고요한 적막을 깨뜨리기 시작했다.

그 울음소리는 바위에 부딪치며 메아리가 되어 찌렁찌렁 울려 퍼지

는데, 그날따라 우는 소리는 왜 그리 처량한지 도저히 발걸음이 떨어지지 않았다.

유행가 가사처럼 대낮에 우는 새는 배가 고파 울고요, 밤 늦게 우는 새는 님이 그리워 운다던가? 필자만의 느낌은 아니었다. 야바위를 타던 우리 대원 모두는 한결같이 바위에 얼어붙고 말았다. 일시 산행을 중단하고 논의한 끝에 소쩍새를 쫓고 산행을 마쳤던 기억이 난다.

또 한 번의 추억은 다정했던 친구의 죽음에 네 시간을 울고 통통 부운 눈으로 밤늦게나마 친구 무덤을 찾던 날이었다.

논에는 모내기가 끝나 있었고 가득 고인 물에는 개구리 떼가 귀가 따갑도록 울어대던 비가 그친 그날 밤, 왜 그리 밤하늘의 별들은 초롱초롱한지. 나를 따라 영롱하게 비치는 별빛을 보며 '저별이 나의 친구의 별이구나' 하며, 이제 막 단장을 끝낸 봉분의 흙을 쓰다듬으며 친구 이름을 울부짖다 거의 실신 상태에 빠져 있을 때 한참 정신을 차리고, 들리는 소리는 다름 아닌 그 구슬픈 목청으로 나와 같이 울어대는 소쩍새 울음 소리였다.

소쩍궁, 소쩍궁 목이 메어 울다 피를 토하고 죽을 것만 같은 애섧고 구슬픈 소리.

아! 소쩍새여 이제 그만 울어 다오. 나의 정들었던 친구는 어느새 저 하늘의 빛나는 별이 되어 나를 비추고 있지 않는가? 나는 친구의 삶도 함께 짊어지고 가야 할 무거운 짐을 진 자이다. 네가 울어 내 서러움이 더해지니 제발 그쳐다오.

하지만 소쩍새는 끝없는 서러움으로 새벽녘까지 울고 있었다.

작은 금강산을 찾아서

　우리나라는 전국토의 6~70%가 산이다.

　앞을 봐도 산이요, 뒤를 보아도 산이요, 좌우 모두가 산이다 보니, 산에 대한 소중함을 그리 못느끼는 것 또한 사실이다.

　유럽 대륙에 나가 보면 황량하게 펼쳐지는 평야지대와 간혹 만나는 산이라고는, 야산만도 못한 자그마한 언덕이 산인가 하는 착각이 들곤 한다.

　우리나라에는 아름다운 명산이 아주 많다. 그 아름답기로 유명한 산은 강원도에 소재한 금강산이 최고의 명산이라 생각된다.

　일만이천봉의 천태만상과 기암괴석이 신들의 조화에 만들어진 절정품이 아닌가 싶다.

　그러나 아깝게도 조국의 땅덩어리에 허리띠를 졸라맨 휴전선이 가로 막혀 그 신비로움을 더욱 안타깝게 만든다. 여기 작지만 아름다운 금강산 해발 571m의 최고봉인 의상대와, 천년 고찰의 자재암을 품에 안고 있는 경기도의 명산 소요산을 소개하고자 한다.

　소요산은 경기도 동두천시 소요동에 소재하고 있으며 버스와 기차가 맞닿는 편리한 교통수단과 승용차 또는 관광버스를 정차할 수 있는

넓은 주차장을 소유하고 있어 언제 어디서나 쉽게 찾을 수 있는 산이다.

혹자는 소요산 571m의 높이만 보고 연인들이 찾는 데이트 코스로 착각하는 경향이 있으나, 실제로 산행을 해 보면 스스로 겸허해질 것이다. 소요산은 산 전체가 흙산이 아닌 바위산이다.

음양에 비춰 본다면 양산인 남성적인 산이다. 산행 코스는 다양하지만 자재암 코스를 소개하고자 한다.

일주문을 통과해 단풍나무 가로수를 벗삼아 가노라면, 좌측에 청량폭포가 수정같이 맑은 물을 쏟아붓는 한 폭의 그림을 보면서 자재암을 향하면, 천년고찰이 나온다. 고찰의 오른쪽에는 원효대사가 고행을 하며 정진수행하여 득도한 석굴이 향내음을 발산하며 오는 손님을 맞이한다.

우측으로는 10m의 원효폭포가 시원스레 등줄기 땀방울을 식혀 준다. 자재암은 원효대사가 초막을 짓고 득도한 자리로, 절을 세워 자재암이라 명명했다고 한다.

원효대사는 어느날 누가 자루 빠진 도끼를 나에게 허락한다면 그것으로 하늘을 떠바칠 기둥을 깎으리라는 선문에 태종이 그 뜻을 깨달아, 요석궁에 홀로된 공주를 인연케 하여 위대한 유학자인 설총을 낳게 했다는 전설이 있다.

자재암에서부터 하백운대(440m)까지는 실로 고행길이 아닐 수 없다. 가파른 깔딱고개를 쉬엄쉬엄 오르지 않으면 땀방울로 범벅이 될 것이다.

돌계단 층층대를 오르면서 인생의 삶의 진리를 터득할 수 있는 계기가 충분하리라. 하백운대에서 중백운대 상백운대를 거쳐 나한대에 오르면 북쪽으로 펼쳐진 연천평야지를 한눈에 볼 수 있는 경관을 감상하며 칼바위를 지나 돌 틈에서 자란 노송 밑에서 준비한 도시락을 까먹

는 맛 또한 기가 막히다.

점심 후 의상대(571m)를 향해 걷는 기분 또한 무릉도원을 걷는 신선 같은 착각을 느끼며, 사뿐사뿐 돌무덤을 타는 재미 또한 쏠쏠하다.

의상대를 거쳐 공주봉을 오르기 전에는 평탄한 길이 정상을 정복한 승리자를 편하게 모신다. 공주봉에 올라 요석공주가 자재암을 향해 용맹정진하는 원효대사를 향해 매일 올라 기도했다는 전설을 느낄 때는 가슴이 뭉클해진다.

공주봉에서 하산을 하면 자재암 옆길로 이어지는 장장 5~6 시간의 등산코스가 이어진다.

소슬바람 불기 전에 경기도의 소금강 소요산에 한 번쯤은 다녀오길 꼭 권하고 싶다.

갑신년을 회상하며

세월은 유수와 같다더니 어느새 갑신년의 한 해가 다 지나가고 시간은 도도히 흐르고 있다.

항시 보내는 한 해는 다사다난했고, 맞이하는 새해는 대망의 한 해라고들 틀에 박힌 듯이 얘기한다.

그도 그럴 것이 새해를 맞이할 때는 수많은 계획을 세우고 그 목표를 향해 뛰다 보니, 다사다난함과 못다 이룬 아쉬움 속에 다시 또 새로운 목표를 세우고 도전하는 게 인생사가 아닌가 싶다.

개인을 떠나 사회적으로나 국내외적으로도 예외일 수는 없는 게 사람 사는 인간사라 본다.

미국의 대 이라크전이 종식됨에 따라 파병문제와 테러로 지구촌을 떠들썩하게 하는가 싶더니, 성탄절을 맞아 빚어진 인류 대참사인 동남아 지진 해일은 10만 여명의 아까운 인명을 살상시킨 전쟁 아닌 천재지변의 힘이, 전쟁보다 더 큰 참사를 불러일으킨 한 해였다.

국내적으로 4·15 총선에, 이 나라 지도자로 지칭되는 대통령의 편견된 발언으로 야기된 탄핵이 헌법재판소에서 기각됨과 행정수도 이전 문제로 갑론을박하더니, 또 다시 헌법재판소의 판결에 모처럼 국민

들은 TV 시청률이 높아졌던 한 해였으며, 여대야소로 뒤바뀌는 정치 현실의 한 해였다.

정치란 국정을 올바르게 다스리고 국민이 편하게 살 수 있는 부강한 나라를 만들자는 게 본 뜻인데, 국민의 눈에 비춰진 정치꾼들은 오늘도 으르렁대며 물고 뜯고 할퀴는 개판의 현실을 보면서 IMF 때보다 더 어려운 현실에 혈세의 탕진을 안타까워 하고 있다.

대졸 실업자 25만, 고졸 실업자 40만, 신용불량자 400만, 가계부채 평균 3,000만원, 밥 굶는 어린이가 30만명, 하루 평균 삶이 고달파 자살하는 사람이 30명이라는 안타까운 현실은 이 나라에 사는 국민의 몫이고, 위정자의 눈에는 경제가 문제가 없다고 큰소리치는 현실과는 너무도 거리가 멀기만 하다.

정권 수립 이후 60여년이 되건만 음식업에 종사하는 업주들이 자신의 생계 수단 밑천인 솥단지를 때려 부수며 못살겠다고 하는 게 우리의 참 실상이다 보니, 국민 보기가 부끄럽고 시민들 만나기가 두려워지는 게 내 심정이다.

어찌하여 정치인 대열에 합류하여 똥바가지를 뒤집어 쓴 양 마냥 쑥스럽기만 하다.

'갑신년을 맞으며 신발끈을 동여 매겠습니다' 라는 제하의 나의 신년사에 많은 계획을 세우고, 새벽별을 보고 늦은 저녁별을 보며 뛰었건만 이루어 놓은 게 없어 또 다시 한 해를 보내는 심정 또한 착잡하기만 하다.

청년실업 문제를 해소하기 위하여 손학규 지사와 유럽을 돌며, 세네 시간의 잠을 자야 했고, 일천만 도민의 인명과 재산 보호를 위하여 27개 시 4개 군을 찾아다니며, 소방서 및 소방파출소를 짓고 예산결산 특별위원이 되어 차수를 변경하며 밤을 지새웠건만 돌이켜보면 해놓은 일이 없다.

　1년이면 5~60권의 독서를 했던 나의 모습은 사라지고, 정치인에 합류하다 보니 밀려오는 민원문제 해결에 밤을 지새워도 모자라 찾아뵙지 못한 모든 분들께 죄송하기만 하다.

　특히 부모 형제 처자식은 뒷전이고 따뜻한 말 한 마디도 못하고 한 해를 보내는 자신이 부끄럽기만 하다.

　책 한 권을 쓰겠다고 계획도 했건만 고작 30여 편 저작에 그치고 말았고, 수면시간은 4~5시간으로 줄일 것과, 3,000여명의 독거노인과 어르신께 점심을 제공한 일과, 김장 2톤을 직접 만들어 비인가 시설 및 독거노인, 소년소녀 가장을 일일이 찾아 겨울비를 몽땅 맞으며 등짐을 지고 뛰었던 추억이 아름다울 뿐이다.

　이 한 몸 다바쳐서 밝고 건강한 사회가 된다면 50년을 산 내 인생에 뭐 하나 두려울 것이 없는 게 내 삶이다.

　무보수 명예직에 자가용도 없이 발로 뛰었건만 항상 허무함과 공허함에 자신을 질책해 본다.

　나를 아껴 주시고 도와 주시고 보살펴 주신 많은 분들께 연하장 한 장 보낼 시간이 없어 이 자리를 빌어 감히 용서를 구하고 싶다.

　특히 정신문화연구원 명예교수이신 지교헌 교수님의 '대장부가 가는 길에' 라는 제목의 편지에 답장도 못 드린 점 죄송스럽게 생각하며, 을유년 새해에는 더욱더 노력과 헌신을 다할 것을 다짐해 본다.

아, 지리산

사람 사는 세상은 인간에 의해 만들어지고 한 개인의 여유는 그 사람에 의해 만들어진다고 생각이 된다.

넉넉하지 못한 삶을 살아가는 많은 사람들은 항시 시간에 쫓기며 인생을 살아간다.

새벽 다섯시에 기상하여 많게는 7~8개 행사 스케줄에 움직이다 보면 파김치가 되어 지칠 대로 지친 몸을 이끌고 귀가하는 날이 다반사인 게 의원생활이기도 하다.

10여일 전에 걸려온 한 통의 전화는 지리산 등반 권유였고, 이번에도 불참하면 3개월째 등반대장이 없는 산행이라며 무박 2일 일정을 알려 왔다.

메시지 및 이메일을 통해서도 익히 알고 있는 내용이었다.

한국과 우즈베키스탄 축구전이 열리던 날 0시 20분에 서초구청을 출발한 차는 4시 20분에 산청군 중산리에 도착했다.

지리산은 어리석은 사람이 머물면 지혜로워진다는 설과 가도 가도 끝이 없어 지리 지리하다 해서 지리산이라는 속설이 있다.

그곳은 해발 1,915m의 최고봉인 천왕봉과 1,751m인 반야봉,

1,507m의 노고단을 중심으로 한 고산준봉이 10여개가 넘으며 85개의 크고 작은 봉우리로 이루어졌다.

3도 5개군 15면이 함께 어우러진 484㎢의 1억 3,000만평에 달하는 거대한 산이기도 하다.

경남 함양군, 산청군, 하동군, 전북 남원시, 전남 구례군을 합친 국립공원 1호이며, 한국 8경중의 하나이고, 5대 명산중의 하나로 남한에서 한라산 1,950m에 이은 두 번째로 높은 산이다.

지리산은 험하기는 해도 고난도의 등산 기술을 요하지는 않지만 장거리를 걸어야 할 지구력과 인내심이 필요한 산이다.

필히 비상식량 2~3끼 정도와 갈아입을 옷을 준비해야 하며 우의 및 가벼운 보온용 옷도 준비해야 한다.

중산리에는 많은 등산 인파로 새벽 여명을 깨우고 있었다.

우리는 장비 및 부식을 정리한 후 4시 40분에 밝아 오는 여명을 비집고 한 발 한 발 전진을 계속했다.

17명의 회원을 이끄는 데는 배낭무게보다도 더 힘겨운 중압감이 양어깨를 짓누르고 있었다.

오늘의 코스는 중산리-칼바위-로타리 휴게소-천왕봉-채석봉-통천문-연화봉-촛대봉-세석산장을 거쳐 백무동지구 일명 한신계곡을 거치는 최소한 10시간에서 11시간이 소요되는 20여 ㎞의 장거리 코스였다.

먼동이 트임을 알리는 새벽 장끼 울음소리는 고요한 산기슭의 새벽 풀내음새를 흠뻑 적시며 귓전에 울려 퍼졌다.

이윽고 울기 시작하는 이름 모를 산새 소리로 땀 흘리며 한 걸음 한 걸음을 떼어 놓는 산꾼들의 발자취에 리듬을 맞추듯 경쾌하게 울려 퍼졌다.

그 중에서도 특이한 울음소리를 가진 '홀딱 벗고 홀딱 벗고' 하는

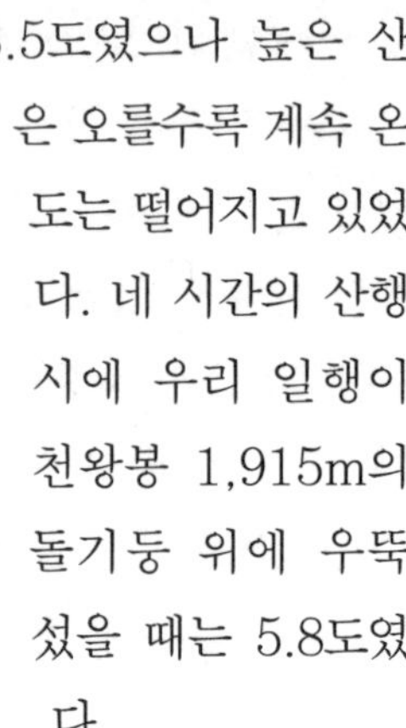

일명 휘파람새는 두려움도 없이 나뭇잎에 몸을 가리운 채 시원스레 울고 있었다.

중산리 새벽 4시 온도는 8.5도였으나 높은 산은 오를수록 계속 온도는 떨어지고 있었다. 네 시간의 산행 시에 우리 일행이 천왕봉 1,915m의 돌기둥 위에 우뚝 섰을 때는 5.8도였다.

사방을 둘러보아도 온천지가 산인 1억 3,000만평의 곱디고운 엽록색 융단에 야광나무 꽃과 철쭉꽃이 보얗게 수를 놓은 한 폭의 동양화 같은 산을 관람하는 데 여념이 없었다.

멀리서 솜털같이 부드러운 하얀 구름떼가 몰려오기 시작했다.

망망대해에 소용돌이치는 파도더미를 연상케 하는 산계곡과 등성이를 타고 넘나드는 하이얀 구름떼는 산산이 부서진 물보라로 가스가 가득 차 10m 전방이 아득하게만 느껴졌다.

아! 아름다운 금수강산!

세계 어느 나라가 이렇게 아름다운 산을 간직하고 있을까 하는 착각이 들기도 했다.

정상 부근에는 철쭉꽃이 만개하여 흐드러지게 피어 있는 지상의 천국이 따로 없었다.

하늘로 통한다는 통천문을 통과해 펼쳐지는 평원은 높은 산임에도 불구하고 천지 창조를 하신 조물주의 작품임에 감탄사를 연발하며 초생달을 벗삼아 하룻밤 쉬어 가고 싶은 심정이었다.

텐트가 없으면 슬리핑 빽에 몸을 숨기고 '비박'이라도 하고 싶은 심정이 굴뚝만 같다.

연화봉을 거쳐 장터목 산장에서 아침밥과 점심을 함께 하는 일명 아점시간이었다.

옛말에 시장이 반찬이라고 했던가. 싸가지고 간 간식과 과일로 두 끼나 굶주린 시장기를 한꺼번에 처리하는 맛은 무엇을 먹어도 꿀맛 그 자체였다.

길고도 긴 백무동 계곡, 가도 가도 끝이 없는 돌무덤 계곡을 따라 6시간의 산행을 시작했다.

계곡의 폭포소리를 들으며 험준한 산행에서 피비린내를 풍겼던 1948~1955년까지의 빨치산을 일망타진하는 데 2만명의 목숨을 앗아간 핏물의 계곡.

1955년 5월 23일 완전 소탕령이 내려진 후 지리산의 제 모습을 찾기 시작한 산이란 점과 또한 1,915m의 천왕봉 정상에 "한국인의 기상 여기서 발원되다"라는 문구가 새겨져 있어 새삼 의미가 새로워지는 산이기도 하다.

화마火魔가 휩쓸고 간 상처

삶의 고달픔에서 오는 현상인지, 험난한 민족 수난사를 겪으면서 자연스레 몸에 배인 것인지는 모르나, 우리는 어려웠던 현실이나 중차대한 문제를 냄비에 죽 끓듯 하다가도 세월이 조금만 흘러도 언제 그랬느냐 하는 식으로 까맣게 잊어버리고 사는 게 우리들의 모습이기도 하다.

폭풍한설을 이겨내며 꽁꽁 얼어붙었던 대지 위에 봄바람이 불면서 동면을 살포시 깨어난 새 생명이 움틀 무렵, 지난 4월 4일 23시 53분경에 발생한 강원도 양양 산불은 어마어마한 산림 훼손과 주택, 문화재를 전소시킨 재난의 대형 사고였다.

산불 진화대책 연구라는 주제를 가지고 경기도 소방재난본부와 자치행정위원회의 세미나차 찾은 양양 산불 현장은 말로 표현하기 어려운 참혹한 상황이었다.

고고하고 굴하지 않던 기상의 아름드리 낙락장송은 검은 숯덩이를 뒤집어 쓰고 그 독야 청정한 절개마저도 간 곳이 없는 메마른 나뭇가지는 바람 한 점 쉬어갈 수 없는 고사목— 자체로 변해가는 안타까운 현실이었다.

강원도 소방재난본부의 헬기를 이용해 10여분간의 비행을 하면서 절로 새어 나오는 한숨은 막을 길이 없었다.

산림 훼손이 973ha(약 2,919,000평), 주택피해 163동, 이재민 17개리 168가구와 문화재인 낙산사 경내 22건(석탑2, 동종1, 전각17, 시설물2) 전소했으며 동원 인력만 해도 21,181명이 참가한 전시 상황을 방불케 한 사고였다.

불행 중 다행이라고 표현해야 좋을지 몰라도 인명 피해가 없었던 점이 크나큰 다행이었다.

천년 고찰인 낙산사는 신라 문무왕 671년에 의상대사가 창건한 절로서, 관음굴에서 기도하던 의상대사가 관음보살을 친견한 후 낙산사라 명명하였다고 한다.

천년을 흘러내리며 고고하게 서 있던 낙산사는 유구한 역사를 말해주듯이 화재 또한 10여 번이나 일어나 소실되고 다시 복원되는 되풀이를 반복하면서도 사천왕문은 한 번도 소실된 적이 없다고 하니 참으로 기이하기도 하다.

사천왕문은 불국토의 사방을 보호하며 국가를 수호하는 신을 말한다. 문의 오른쪽에는 지국천왕과 증장천왕, 왼쪽에는 광목천왕과 나문천왕이 칼을 높이 쳐들고 금세 내려칠 것만 같은 험악한 인상을 풍기는 문이기도 하다.

그 때문인지는 몰라도 동종이 녹아내리는 3,000°의 고열이 지나가도 끄덕없이 버티고 서 있는 웅장함에 불신의 위대함을 절로 느끼게 한다.

그 고고했던 천년 고찰은 간 곳이 없고, 돌기둥이 고열에 터져 내린 처참한 상황을 보면서 인간의 힘의 한계를 절로 느끼게 한다.

집도 절도 없이 삶의 터전을 잃어버린 이재민들은 오늘도 꺼지지 않는 한숨으로 일관하고 있다.

결코 오래된 세월이 아닌 불과 60여일이 지났음에도 불구하고 우리 국민들의 뇌리 속에는 완전히 사라진 역사의 한 페이지로 망각하고 있다.

갑자기 지나간 정권의 실세가 한 말이 등골을 오싹하게 만든다.

우리 국민은 70일이 지나면 모든 것을 까맣게 망각한다는 망언 아닌 망언이 사실인 듯 착각되어 멍멍해지기도 한다.

제 3공화국 시절 산림녹화 정책을 펼쳐 이 강산을 푸르게 푸르게 만들었던 故 박정희 대통령의 미래에 대한 예측은 오늘의 금수강산을 만들었음에 일조했음이 분명하다.

40 · 50년 키운 낙락장송이 제 모습을 갖추려면 그 이상의 시간이 필요하다. 사소한 불씨 하나가 금수강산을 초토화 시킨다는 점을 새삼 깨달아야 한다.

지방자치가 실현된 지 10여년이 지났음에도 불구하고 지방분권은 말로만 이루어지고 있다. 헬기운영 통제권은 산림청장이 현장지휘는 강원도지사가 실시하고 있다.

이런 모순된 현실을 법제화하여 모든 통제권을 전담 부서이자 전문 부서인 소방재난본부장에게 이관되어야 한다고 생각한다.

또한 야간강풍 등 기상 악조건 하에서도 진압활동을 할 수 있는 최첨단 장비를 하루 속히 도입하여 정예화 된 진화대원을 육성할 필요성이 있다고 강조하고 싶다.

국민의 소중한 혈세가 국토관리에 효율적으로 사용될 수 있는 근본적인 정책이 필요한 것이지, 정략적인 행정종합복합도시 운운하며 수십조의 국고 낭비는 이제 정신을 차렸으면 한다.

강풍에 날아다니는 비화(飛火)는 500m~1.2km까지 날아가지만 발 없는 허무한 정책은 천리길을 가고도 남음이 있다는 사실을 명기해 주기 바란다.

| 3부 |

독도 신비의 베일 속으로

아, 백령도여!
세계적인 관광도시로
백록담을 찾아서
환상의 나신
독도 신비의 베일 속으로
잠자는 관광자원 울릉도

아, 백령도여!

　북위 37.5도 북한의 월곶도와는 11km, 몽금포와는 17km, 중국배 수십척이 꽃게잡이에 여념이 없고 전운이 감도는 긴장감과는 거리가 먼 갈매기 떼가 평화롭게 날갯짓을 하는 고요하고 한적한 땅. 사면이 바다로 둘러싸인 총 둘레 110리, 유난히도 군인이 많은 조금은 설레이는 곳, 이것이 백령도의 첫인상이었다.

　인천 연안부두에서 데모크라시호와 백령아일랜드호가 약 30분 차이로 출항하여, 뱃길이 좋은 날에는 4시간이 소요되는 거리다. 오늘따라 파고가 2.5m가 넘어 출항 명령만 기다리는 연안부둣가에는 혹시 배가 뜨지 못할까 하는 초조함 속에 북새통을 이루는 인파로 가득찼다.

　7시 정시에 출항하기로 되어 있던 배는 7시 45분에 힘들게 출항의 힘찬 고동을 울렸다. 기나긴 기다림에 지쳐서였던지 많은 인파는 나름대로 웅성거리며 약간의 들뜨고 흥분된 분위기를 자아냈다. 396톤의 데모크라시호는 시속 40노트의 속력으로 험한 파도를 헤치며 물밀듯이 밀고 달리는 힘에 놀라움을 금치 못했고 스크루에서 부서진 물기둥은 확 뚫린 고속도로를 연상케 하며 질주에 질주를 거듭하며 좌우로

심하게 흔들리고 있었다.

어디서나 꼴불견인 장면은 있게 마련인지 1층과 2층 통로 주변에는 담요를 깔고 고스톱을 치는 낚시꾼들의 모습이 추하기도 하고 한심스러워 눈길을 돌릴 수밖에 없었다. 거대한 파도가 밀려와 뱃전에 부딪치며 산산이 부서지는 광경은 장엄하기에 앞서 두려움과 공포 속에서 배멀미를 참지 못하고 하나 둘씩 나가 뒹굴고 있었다. 고스톱을 치던 화투꾼들도 담요를 걷어치우고 뒹굴기는 마찬가지였다. 4시간이면 도착한다던 배는 5시간 50분만에 소청도, 대청도를 거쳐 백령도에 도착했다.

백령도!
평온하고 조용한 땅
사방으로 펼쳐진 망망대해
남한으로선 최북단의 섬
내 나라 내 땅에 금을 긋고
총부리를 겨누고 경계를 늦추지 않는 곳
동족상잔의 비극 속에서
백령도를 찾기 위해 흘렸던 피는
아직도 검푸른 바다 위를 맴돌고 있구나
백령도여! 백령도여! 한 많은 백령도여!

오후 2시가 넘은 시각이어서 곧바로 점심식사를 하기로 하였는데 백령도 특유의 메밀칼국수 집이었다. 메밀의 차진 맛과 조개를 많이 넣은 칼국수는 독특한 맛이 있고 시장이 반찬인지라 한 그릇씩을 더 해치웠다.

짠지만두라고 하는 만두도 나왔는데 메밀가루로 만두를 빚고 그 속

에 무청을 넣어 기름을 바른 맛이 처음 느껴 보는 맛이었다. 우리나라 황해도 음식맛이라고 주인은 얘기했다.

백령도 면적은 45.83㎢로 인구 약 5000명이 살고 있으며 인천에서 서북쪽으로 191.4㎞ 떨어진 서해 최북단의 섬으로 북한과 가장 가까운 거리에 있는 섬이고, 본래는 황해도 장현군에 속했으나 광복 후 옹진군에 편입되었다.

백령도의 본래 이름은 곡도인데 따오기가 흰 날개를 펼치고 공중을 나는 모습처럼 생겼다 하여 백령도라 명명했다고 한다. 백령도의 관광지로는 서해의 해금강이라 불리는 두무진이 있는데 유람선을 타고 약 40분에 걸쳐 보는 비경은 말로 형용할 수 없을 만큼 아름답다.

형제바위, 곰바위, 코끼리바위, 신선바위 등 금강산의 일만이천봉을 보는 듯하고 갈가마구지 떼들이 바위를 덮고 있는 모습 또한 장관이고, 물범들이 바위에 앉아 일광욕하는 모습은 타국땅 무인도를 착각하기에 안성맞춤이다. 또한 세계에서 두 곳뿐인 사곶 사빈천연비행장은 썰물 때는 폭 200m, 길이가 2km가 이어지는 천연활주로가 형성이 되는데 모래 백사장이면서도 견고하기가 이를 데 없으며 비행기가 착륙할 수 있다고 한다.

실제로 우리는 봉고차를 타고 시속 80㎞ 주행을 해 보았으나 아무런 이상이 없었다. 이탈리아 나폴리 해안보다 더 퇴적층이 단단하다고 하며 실제 6·25동란 때 유엔군 전초작전기지로 비행장 역할을 톡톡히 했던 곳이기도 한 그야말로 천연적인 비행장이면서 여름철에는 해수욕장으로서도 일품이라고 한다.

다음으로 남포리 콩돌 해안을 둘러보았다. 1997년 12월 30일 천연기념물 제392호로 지정된 콩돌 해안은 백령도의 모암 인규암이 폐쇄되어 해안의 파식작용에 의해 형성된 잔 자갈돌로서 콩알보다는 약간 큰 것과 지름이 8~12㎜, 16~64㎜ 등 다양한 층을 이루고 있으며,

형형색색 아름다운 색을 발하고 있었다.

　주 생산물로는 까나리액젓, 참다래(키위), 흑염소 엑기스, 전복, 해삼, 멸치, 약쑥, 가리비 등의 특산물이 있다.

　시간 관계상 효녀 심청이가 몸을 던졌다는 인당수를 찾지 못하고 발길을 돌리는 아쉬움을 금치 못했다. 세계적으로도 유명한 백령도 개발에 손길이 미치지 못한 전형적인 시골 어촌 풍경, 엎드려 잡으면 잡힐 듯이 보이는 이북 땅의 금수강산, 여기에 동족끼리 총부리를 겨누고 있는 참담한 이 현실 속에 가슴이 아픈 쓰라린 통증으로 몸살을 앓고 있다.

　크지도 않은 조그만 땅에서 남북으로 금을 긋고 풍부한 어장은 중국 어선들이 불야성을 이루는 참담한 현실.

　통일이여, 빨리 오라! 그 날을 대비해서라도 백령도를 더 개발하여 세계에서 아름다운 백령도를 만들어 보자. 통일되는 그날까지 백령도여 잘 있거라. 내 조국 백령도여!

세계적인 관광도시로

필자가 제주도를 찾은 것은 총 네 번의 일이다.

그 첫 번째는 아버지의 칠순 때 모시고 관광을 한 일과 두 번째는 동국대 국제정보대학원 시절 송석구 총장님을 모시고 학술 세미나차 들렀고, 나머지 두 번은 의원 생활하면서 세미나차 들렀다.

계미년도 며칠 남지 않은 12월 22일 〈지방발전을 위한 지방의회의 역할〉이란 주제로 제주시 뉴크라운 호텔에서 제주대 정치외교학과 김진호 교수 초청 세미나에서 우리 자치행정위원들과 약 3시간이 넘게 열띤 토론회를 벌이며 제주의 국제적인 관광 도시로서의 역할과 기능에 대한 정부의 대책을 논의하면서 필자의 견해를 피력코자 한다.

제주도는 총면적, 1847㎢에 인구 552,000명이 살며 서울시 면적 605.521㎢의 세배나 되는 땅이고, 경기도 10,136㎢ 면적의 18%를 차지하고 있다.

국제 무역도시인 홍콩은 1,069㎢에 인구 670만이 살고 있는 것에 비한다면 세계 최적의 관광 인프라 구축에 손색이 없는 도시라 자부하고 싶다.

사면이 바다로 둘러싸인 천연적인 자연환경을 갖추고 있는 이러한

도시를 정부에서 심혈을 기울인다면 안 될 것이 없다는 확신을 가져본다.

제주도는 삼국시대 때는 탐라국이라 불렀다. 1192년 고려 고종 때 제주로 개명, 조선 태종 16년, 1416년에 제주목을 설치하여 고종 17년 1880년에 환원, 광무 10년 1880년 제주군으로 설치됐는데 일제 때인 1918년 5월에 제주도로 개정하여 1955년 제주시로 승격하였으며 현재 2시 2군 3면 51개 동으로 대륙 러시아와 중국과 해양 일본, 동남아를 연결할 수 있는 최적의 요충지에 자리잡고 있는 동경 126도 8부, 위도 33.06도에 위치한 하늘이 주시고 신이 창조한 걸작품을 만들 수 있는 최적지임에 틀림이 없다고 본다.

또한 년평균 강수량이 서귀포 1,782㎜, 제주 1,388㎜로 물 한 방울 나지 않아 중국 대륙으로부터 전량 수입하는 홍콩과는 하늘과 땅 차이일 수밖에 없다고 본다.

또한 기후 조건이 온화하여 한대성 열대성 동물이 공존하며 77종의 포유류와 조류 199종, 파충류 양서류가 각각 8종, 곤충류 872종, 거미류 74종이 보금자리를 틀고 있으며, 희귀식물을 포함 온대 한대 식물이 한라산을 포함한 일대에 2001종이 서식하는 자연 생태계의 보고이기도 하다. 흔히들 제주도에는 3보고가 있다고 한다.

첫째는 자연생태계와 동식물 보고이고, 사면이 바다인 풍부한 해산물 보고이고, 마지막으로는 토속 고유의 방언 제주 사투리 보고라고들 한다. 이러한 발전적인 요소를 갖추고 있으면서도 발전시키지 못하는 점에는 그 안타까움에 발을 동동 구를 수밖에 없는 서글픈 심정이다.

필자는 홍콩을 머리 속에서 지울 수 없다. 물 한 방울 나지 않는 척박한 땅에 4~50층 고층 건물로 뉴욕 맨하탄가를 방불케 하는 숨통이 콱콱 막히는 도시에, 제주도보다 적은 땅에, 제주 인구의 열세배가 넘는 670만명이 우글거리는 도시를 생각한다면 제주도는 환상의 도시

다. 교각없이 세운 1,323m의 천마대교는 5.16군사도로로 대체한들 어떠하랴.

지하 5층의 해상공원은 성산봉 일출 구경과 함께 볼 수 있는 세계 최대의 지하 20층을 못만들라는 법도 없다. 또한 홍콩에서 제일 높은 78층보다 지상 100층짜리 쌍둥이 건물을 세운다고 지반이 무너질손가?

60년대 제주 감귤붐을 일구어 냈고, 7~80년대는 관광붐을 일구어 냈던 우리의 땅 제주도가 관광도시로서의 기능을 서서히 상실해 가고 있는 느낌이다. 왜 우리는 그나마 갖고 있는 보전자원 하나도 제대로 발전시키지 못하면서 목소리만 높이는 위정자들만 들끓고 있는가.

강한 리더십을 발휘하여 세계 최고의 관광도시를 만들어 연간 이천만명 이상의 외국 관광객을 유치한다면 우리의 국민 소득도 자연 말로만이 아닌 이만불 시대를 만드는 데 쉬운 일일 것이라 생각하며 담배 한 대에 한숨을 몰아낸다.

백록담을 찾아서

나는 산을 참 좋아한다. 그리고 사랑한다.

삼천리 반도 금수강산 가는 곳곳마다 얕은 산, 높은 산, 둥근 산, 뾰족한 산 등, 전국토의 약 70%가 산인 나라가 대한민국이 아닌가 싶다. 남한 일대에서 제일 높은 곳, 제주도 한라산 1950m의 백록담을 경기도의회 의원산악회(경도산악회)를 이끌고 등정에 나섰다.

우리는 교통편이 편리하고 완만한 성판악 코스로 결정하고 모든 준비를 마쳤다. 도시락, 과일, 식수, 간단한 상비약과 아이젠을 챙기고 성판악 휴게소에 8시 30분에 도착했다. 바람 많기로 유명한 제주도이건만 우리가 찾은 날만큼은 바람 한 점 없는 쾌청한 겨울 날씨였다.

전 회원에게 안전산행 규칙을 설명하고 장거리 산행인 만큼 안전사고를 미연에 방지코자 산행에 도저히 불가능할 회원 두 분을 중도에 하산시킬 수밖에 없는 안타까움을 감수해야만 했다.

성판악 휴게소부터는 눈이 쌓여 오르면 오를수록 눈은 더해만 갔다.

바람 한 점 구름 한 점 없는 맑고 청명한 겨울 하늘을 바라보며 참으로 아름다운 강산이구나, 또한 한라산을 찾은 우리 경도산악회의 행운이구나를 연신 연발하며 경도산악회 자연보호 캠페인 플래카드를 서

너 곳에 다는 여유를 연출하기도 했다.

진달래 밭 휴게소를 1㎞ 정도 남긴 상태에 전경 장병들 중 일부가 동료 장병들의 부축을 받으며 하산하는 모습이 종종 눈에 띄었다. 우리 일행 중 K의원도 마찬가지였다. 얼굴빛이 노래지더니 그만 길가에 주저앉고 말았다. 급히 뛰어 내려가 물을 마시게 한 후 휴식을 취하며 귤을 까서 주었더니 맛있게 먹고 정신을 차리기 시작했다. 산행을 마치고 들은 얘기지만 K의원은 생전 그렇게 맛있는 귤은 처음 먹어 보았다며 하산 후 동료 의원들에게 귤을 사서 나눠주기도 했다.

한라산에 서식하는 고산식물 중 유독 설원에 푸른 빛을 발하는 나무가 있는데, 굉장한 군락지를 이루고 있는 나무가 있었다. 살아서 천년 죽어서 천년 간다는 주목나무였다. 필자가 무주 구천동 덕유산과 설악산에서 본 주목은 이렇게 많지는 않았으나 여기는 아름드리 주목과 산 전체가 주목 군락지인 것처럼 착각이 들 정도였다. 진달래밭 대피소까지 낙오자 없이 일행 모두 도착을 했으나 배고픔을 호소하는 회원들이 많았다.

여기서부터는 빠르면 한 시간 아니면 한 시간 반 정도면 우리가 그리던 백록담이 보인다고 소리치자 모두 백록담을 향했다. 지금부터는 조금 가파른 듯싶은 깔딱 고개가 이어졌다. 도중에 도시락 1개를 까서 허기에 지친 회원들께 정상주를 미리 선사하며 안주로 대용했다. 모두들 꿀맛이라며 훌훌 털고 백록담을 향했다.

계단으로 이어지는 지루함을 참으며 남한의 거봉 1950m의 대장경을 맞이했다. 신들의 질투인가 체중으로도 버티기 힘든 강한 바람이 몰아치며 아름다운 여신처럼 수줍은 듯 하얀 속치마를 덮어쓰고 그 황홀한 자태를 살며시 감추고 있었다. 도저히 서서는 사진을 찍을 수도 없고 지탱하기조차 힘들어 조금 밑에서 단체 촬영을 했다.

영산 1950m 최고봉에 담수 되어 있는 그 맑고 깨끗한 영롱한 빛은,

하얀 속치마로 감추고 있는 저 신비스러움. 보라 우리 대한민국에도 작지만 그러나 이렇게 아름답고, 신비스럽고, 신령스러운 신들의 작품이 있지 않은가?

사랑한다. 백록담아! 그리고 영원하라!

대대손손 그 이름 백록담을 전 세계인들에게 평생토록 고이고이 간직할 영원한 백록담이 되어 다오.

환상의 나신裸身

　향기로운 분향에 현기증을 느끼며 아지랑이가 모락모락 피어 오르는 듯한 눈빛으로 바라본 그녀는, 말총머리 쪽을 찐 동백기름이 자르르 흐르는 듯한 갸름한 얼굴에 말끔한 머리단장이었다.

　봄이면 진달래빛 짙은 한복으로 발끝까지 내리 덮으며, 하이얀 고무신이 보일락말락하는 단아한 옷맵시에 넋을 잃고 바라보는 나의 정신을 사로잡았다.

　오월이면 그 부드러운 엽록색의 포근하고 보드라운 한복 치마 저고리를 입고, 항시 눈가에는 이슬이 맺힌 양 초롱초롱 빛나는 눈빛으로 엷은 웃음을 머무른 자태로 나에게 다가왔다.

　청포도가 무르 익어갈 즈음에는 바라만 보아도 그 시원스러움에 가슴 속까지 시려오는, 검푸른 치마 저고리 사이로 바람이 송송 들어가는 모시 적삼에 물을 들인 듯한 신선한 착각이 들었다.

　나는 다가가고 싶어 몸부림을 칠 때가 잦아졌다. 만나야 한다. 그리고 진정으로 사랑 한다고 고백하고 싶었다. 그러나 항시 부질없는 나의 헛수고였다.

　시월에 본 그녀는 핏빛 물든 치마 저고리를 차려입고, 나를 당황하

게 만들었다. 말끔한 그녀의 얼굴에는 빠알간 연지를 찍고 족두리를
쓴 신부 모습이었다.

아! 벌써 이렇게 세월이 흘렀구나. 자랄 대로 자라고 부풀 대로 부푼
성숙한 여인의 모습으로 만면에 띄운 진한 미소에 내가 서야 할 자리
를 찾느라 분주한 내 모습이 처량했다.

불어라 바람아, 미친년 널뛰듯이 치마폭을 펄럭여 보자꾸나. 세월의
덧없음을 한탄하고 이슬 맺힌 눈가를 상상하며 참이슬로 마음을 달랠
수밖에는 도리가 없는 신세가 아닌가?

이번에는 눈이 오길 기다렸다. 그리고 소복소복 쌓여 1m 이상 쌓이
면 그녀는 어떤 모습을 하고 있을까? 그 궁금증이 내 머리 속에 가득
했다.

드디어 때를 만났다. 1m를 넘어 허리춤까지 쌓인 눈 속을 헤매며
나는 상상을 했다. 남성의 기사도 정신을 발휘하여 다시 만나면 눈길
을 만들어 업고 내려오리라고 다짐하고 또 다짐했다.

이번에는 어떤 모습을 하고 있을까? 밤잠을 설치며 환상의 나락으
로 자꾸만 빠져 들어가는 자신을 일깨웠다.

설레이는 가슴을 안고 숨 가쁘게 그녀를 찾아 헤맸다. 살을 에는 듯
한 차가운 칼바람을 안고 눈보라를 뒤집어쓰며 의지의 한국인으로 만
나고 싶었다.

눈앞에 선뜻선뜻 비춰지는 그녀는 솜이불처럼 포근한 한복 차림이
었다.

그 고즈넉함에 마음을 홀랑 다 빼앗기고 말 한 마디 못하고 또 돌아
오고 만 나 자신에게 질타를 해 보았다.

나이 들어감에 따라 오는 겸허함인가?

봄, 여름, 가을, 겨울 4계절을 찾아 다녔건만 풀지 못한 수수께끼 같
은 것이 미련으로 남아 항시 아쉬웠다.

이번에는 굳은 결심을 했다. 숨기면 숨길수록 더 궁굼해지고 가리면 가릴수록 더 보고 싶은 심정을 말끔히 정리하고자.

2004년 10월 26일 세미나차 비행기에 몸을 실었건만 마음은 콩밭에 가 있었다. 새벽 5시에 일어나 목욕 재배를 올리고 이번에는 가리운 그녀의 전신을 보고 싶었다.

새벽 해장국으로 배를 채우고 달려온 나에게 조용히 먼저 다가왔다. 실오라기 하나 걸치지 않은 미끈한 전신을 보는 순간 감탄사를 연발하지 않을 수 없었다.

아! 환상적인 나신이여 한라산 백록담!

그 신비의 여신을 만나기 위해, 그리고 아름다운 나신을 보기 위해 수차례 등정했던 내 머리 속은 환상에 젖어 있었다.

푸르름과 하이얀 눈으로 담수되었던 자리는, 황당하지만 여신의 가려졌던 모든 부분을 수치심으로 가리운 채 그 보드라운 황갈색의 나신을 원없이 보여주고 있었다.

용암이 솟구쳐 흘러간 계곡에는 검은 숯바위가 고즈넉이 가리우고, 선녀가 목욕을 하고 편히 쉬고 있는 바닥에는 살얼음의 융탄자를 깔아 놓고 있었다.

독도獨島 신비의 베일 속으로

삼천리 반도 금수강산 하나님 주신 동산!

옛 동요의 한 구절이다.

우리나라는 아시아 대륙에 접한 반도의 나라로서 섬의 숫자만 해도 공식 기록이 3,153개이며 그중 무인도가 2,700여개에 달한다는 숫자를 알게 되면 깜짝 놀랄 만한 일이기도 하다.

그중 우리나라 동쪽 끝에 있는 섬이 독도이며 남쪽 끝에 있는 섬은 마라도이고 더 남쪽에 위치하여 수중에 잠겨 있는 섬은 이어도이다.

섬 중에서 제일 큰 섬은 제주도, 거제도, 진도, 완도, 남해도 순이며 독도는 0.186 ㎢로서 동도와 서도로 쌍봉을 이루며 왜적을 물리칠 파수꾼 모습으로 늠름하게 서있다.

지난 3월 16일 일본 시네마현 의회에서 독도를 다케시마(죽도)날로 지정 선포하는 망국적인 망언을 자행하던 날, 경기도의회에서는 독도 수호 결의문을 만장일치로 채택하였다.

지난 6월 16일에 일본 수상 고이즈미 방한과 때를 같이하여 전국 광역의회 최초로 울릉군 의회를 방문한 경기도 자치행정위원회 일행은 1,500여년 전 역사에 기록된 우리 땅을 직접 어루만져 보고 우리의

민족혼을 불어 넣었다.

독도의 본래 이름은 삼봉도, 가지도, 수산도, 돌섬, 독섬이라 불리다가 1881년 독도로 명명하게 되었으며, 동도는 해발 98m로 암섬, 서도는 해발 168m 숫섬이라 부른다.

두 돌섬 모두 460만년 전 화산이 폭발하여 분출된 화산암으로 안산암과 편무암으로 흑갈색 암석이 풍화작용으로 인해 손톱으로 긁으면 떨어져 내린다.

동도와 서도의 폭은 110~160m로 멀리 배안에서 보면 바로 옆에 붙어 있는 듯한 착각을 불러 일으키기도 한다.

우선 독도를 가려면 묵호항에서 495톤급 쾌속정 한겨레호를 타고 울릉도에 입항하여 다시 쾌속정을 타고 약 2시간 20분 정도면 도착할 수 있다.

독도에 관하여 일본측의 주장을 필자는 거론조차 할 필요성이 없기 때문에 더 이상 일본의 주장과 독도 문제를 한 마디로 일축하고자 한다.

독도는 일천오백년 전 역사에 기록된 한반도 영토이며 오늘날 현재까지도 헌법에 명시되어 있듯이, 한반도의 부속영토이기 때문에 백년 전에 그네들 땅이라고 운운하는 말장난에 일체 함구하고자 한다.

배멀미에 지쳐 울렁거리던 속이 독도를 보는 순간 말끔하게 가시는 것은 나 혼자만은 아닐 것이다.

다행이도 입도가 허용되다 다시 중단되었으나 우리가 입항하는 6월 17일 다시 허용된 것은 천만 다행일 뿐만 아니라. 우리의 확고한 의지의 덕이라 아니할 수 없다.

배가 신비의 섬에 정박하는 순간 잠시 기도를 하고 싶었다.

조물주의 위대한 힘이 이 좁은 땅덩어리에 신비의 명물을 창조하여 주신 점에 대한 감사의 기도일 것이다.

맨 처음 반겨주는 괭이갈매기 떼가 하늘을 뒤엎고 어지러이 날며 날갯짓으로 대환영의 축제무드를 연출하더니 이윽고 달려온 것은 순한 양처럼 털북숭이의 풍산개 두 마리였다.

주인을 기다리다 만난 것처럼 꼬리를 흔들며 품안에 안기는 대호만한 큰 개였다.

34명의 독도 수비군 경찰들의 안내를 따라 사방을 돌아보며 동도와 서도를 머리 속에 입력하기에 여념이 없었다.

이윽고 우리 일행은 동도를 관찰하고자 수비대원들을 따라 바위섬을 오르기 시작했다.

돌산 전체가 바다제비, 괭이갈매기, 붉은 멧새의 보금자리이고 지상 낙원 그 자체였다.

새들의 배설물에 의해 섬 전체가 뒤덮여 있는 착각 아닌 현실을 보며 청정지역에는 휴지 하나 담배꽁초 하나 없는 이국적인 감명을 받았다.

전 지역이 금연 지역임에 국민 스스로 지킬 줄 안다는 사실에 새삼

업그레이드 된 국민의식에 자부심을 느끼기도 했다.

배가 정박하는 시간은 30분에 한하고 있으므로 내 자랑스러운 조국의 영토 한 곳 한 곳을 샅샅이 뒤져 볼 수 없는 시간이었으나 무리한 욕심을 내어 훔쳐보기에 여념이 없는 아쉬운 시간이었다.

이윽고 울려 퍼지는 뱃고동소리는 아쉬운 미련을 간직한 채 선상에 오르지 않으면 안 되었다.

점점 멀어지는 신비의 섬을 뒤로 하며 물살을 가르듯 달리는 쾌속정 갑판 위에서 괭이 갈매기떼들이 수십마리가 무리를 지어, 찾아온 주인의 떠나는 모습이 못내 아쉬운지 손에 잡힐 듯 배웅을 하며 따라 왔다.

눈물겹도록 고마운 심정에 오징어를 집어 던지니, 낚아채 먹는 솜씨 또한 일품이었다.

작지만 아름다운나라 이름 그대로의 금수강산을, 전세계 만방에 널리 알려 관광대국의 입지를 세울 정책이나 개발했으면 하는 아쉬움이 남는다.

잠자는 관광자원 울릉도

잔잔하던 망망대해에 물결이 일기 시작했다. 파도가 점점 높아지더니 이윽고 집채만 한 물기둥을 일으키며 뱃전에 부닥친다.

날렵한 수영 선수가 접영을 하듯이 머리를 들었다. 물 속에 담그고 양팔로 제치면서 두 다리로 힘차게 내리차듯 40노트의 쾌속정 유리창이 물보라 속으로 빠져 들었다. 영롱한 오색 무지개를 그리며 날듯 저항하고 있다.

나는 가야 한다. 가다 배가 침몰하여 물고기 밥이 될지언정 사력을 다해서라도 경북 울릉군 울릉읍 독도리 산 1-37번지를 찾아가야만 한다. 속이 울렁울렁거려 울릉도인가? 아니면 뱃머리가 울렁울렁해서 울릉도인가? 강원도 묵호항을 출발한 배는 2시간 30분 만에 울릉도 선착장에 정박을 했다.

조용하고 아름다운 청정지역! 깎아지른 듯한 기암괴석이 금강산 1만 2천봉 이상으로 한 폭의 동양화를 연상케 하듯이 섬을 돌아가며 그림을 그려가고 있다.

해안도로를 따라 가노라면 조물주가 빚은 듯한 절묘하고 신비스러운 바위들이 천지를 이룬다. 거북바위, 물개바위, 고래바위, 코끼리바

위, 곰바위, 낙타바위, 사자바위며 형제봉, 노인봉, 선녀봉, 신선봉, 촛대봉, 옥문바위 등 수를 헤아릴 수 없는 바위들이 해안선을 따라 신비의 세계를 연출한다.

옥문바위를 통과하면 해안도로는 끝을 맺는데 완공되는 날에는 울릉도 섬 전체를 한 바퀴 돌 수 있는 관광 도로로서 큰 몫을 해낼 수 있음직하다. 세계 3대 미항 중 하나인 이탈리아 나폴리 항이 비교도 되지 않을 만큼 울릉도는 아름다운 섬이다.

어디 그 뿐인가? 460만 년 전에 화산이 폭발하여 만들어진 울릉도는 산세 또한 아름답기로 유명하다. 해발 984m의 성인봉은 홍콩 태평산(554m)의 두 배에 달하는 높은 명산이다. 작은 산도 개발하여 전 세계적인 명승지로 만드는데 우리는 무엇을 하고 있는지 안타깝기만 하다.

울릉도에는 풍부한 해산물과 천혜의 자연경관이 있는가 하면 산에서 약초를 먹여 키운 한우, 일명 약소 고기가 있는데 송아지를 안고 좁은 비탈 산길을 올라가 다 키워서 고기로 내려온다는 소고기는 맛이 담백하고 부드러움이 가히 일품이다.

또 씨껍데기 술이 있는데 청궁씨, 더덕씨, 호박씨로 빚어 달콤한 맛과 한약 향기가 풍기는 특이한 술과 밭에는 산더덕을 재배하여 관광 상품화하고 있으며 취나물, 삼나물, 부지깽이나물이 특이한 맛을 자랑한다.

특히 부지깽이나물은 취나물향과 고사리를 씹는 듯한 맛을 내고 있으며 취나물은 연중 3회에 걸쳐 수확하고, 세 번째 수확한 것은 소 사료로 쓰인다고 한다. 산나물을 이용한 울릉도 특산품인 비빔밥을 개발한다면 일품일 것이다.

울릉도에 내렸을 때 첫 인상은 자연경관은 빼어났으나 마을 풍경은 1970년대 어촌 풍경처럼 썰렁해 보였다. 국가 균형발전을 운운하며

연기 공주의 문전옥답인 곡창지대를 뭉개 버리는데 소요될 수조원의 국민 혈세를 울릉도에 투자한다면, 세계적인 관광지로서 대한민국 국민 대대손손 부귀를 얻을 것이라는 생각이 스쳐간다.

세계에서 제일 작은 바티칸 공화국은 0.44㎢에 인구 1천 200여명이고, 모나코는 1.95㎢에 인구는 3만명이다. 국민 소득은 우리의 3배에 달하고 있는 나라들이다. 부존자원이 없는 우리나라로서는 산업혁명에 가까운 부흥을 일구어 내었으며 이제부터는 자연을 이용한 관광사업에 눈을 돌린다면 외화 낭비도 막을 수 있을 것이다.

성인봉 밑에는 분화구가 있는데 나래 분지로 국제공항을 개발한다면 4천억원을 투입한 양양공항만한 공항이 개발될 수 있다. 여름이면 1일 관광객이 3천명에 달하고 있는 울릉도에 세계인의 이목을 집중하게 할 만한 관광 레저시설을 건설한다면 자연의 신비함을 곁들인 국제적인 관광명소로 거듭날 수 있을 텐데 하는 아쉬움이 남는다.

| 4부 |

태풍 속을 헤치며

중국! 그 웅장함의 발전상을 찾아서

거대하고 웅장한 대륙, 면적은 세계에서 세 번째로 큰 땅덩어리, 13억의 인구로 전 인류의 첫 번째로 사람이 많은 나라가 중국이고, 공식명칭은 중화인민공화국으로 중은 중심이라는 의미를 나타내는 것으로 중국인들의 의식근저를 단면적으로 잘 나타낸 말이다. 면적은 959만 7천㎢로 한반도의 43.2배이며 남한 땅의 약 97.54배가 되는 어마어마하게 큰 나라로서 행정구역은 23개성으로 대만을 포함시키고 있다.

영화위족, 신강위그루, 내몽고, 광서장족, 서장 등 다섯 개의 자치구와 상해, 천진, 중경, 북경 등 4개의 직할시로 구분되어 있다. 광대한 면적을 자랑하는 중국은 지역마다 역사적 배경이나 기후문화가 다르지만 크게 나누어 보면 화북, 화중, 화남, 동북, 서북, 서남 지역으로 나눌 수 있으며 삼천 년 전 서주시대부터 중국이라는 명칭을 사용한 근거가 맹자와 삼국지의 '축지' 가운데 제갈량전에 나온다.

화북지역은 중국 대륙 동쪽에 위치한 화북대평원과 황하 중류에서 하류까지를 포함하고 북으로는 내몽고 자치구에서 하북성, 산지성, 산동성, 하남성, 북경과 천진을 포함한다. 이 지역은 황하를 중심으로 문화가 발달하였고, 그 문화를 바탕으로 중국 역사의 중심지가 되었기에

명승 유적이 많다.

　화중지역은 장강(양자강)을 중심으로 호수와 산이 많아 자연경관이 빼어난 곳이 많다. 이 지역에서 유명한 곳은 상해와 항주, 소주 등이 있다.

　화남지역은 대륙의 남쪽 해안선을 따라 퍼진 지역으로 북쪽으로는 형산, 노산을 중심으로 한 경치가 좋은 산악지역과 화남지역 최대의 도시인 광주, 자연경관이 아름답기로 유명한 계림이 있다.

　동북지역은 길림성, 흑룡강성, 요녕성의 삼성을 중심으로 한 지역으로 북쪽은 흑룡강을 경계로 러시아와 서쪽은 몽고, 동남쪽은 북한과 국경을 정하고 있는데 경제 발전이 활발한 곳으로 길림, 하얼빈, 심양 등이 있다.

　서북지역은 당나라의 수도였던 서안(장안)과 실크로드를 포함한 지역으로 동서로 3천㎞에 걸친 광활한 지역으로 여름에는 40℃를 넘고 겨울에는 영하 10℃ 이상으로 기온 변화가 큰 곳이다. 서안, 돈황, 두루무치 등이 유명하다.

　중국은 본토가 넓기 때문에 각 지역에 따라 기후가 다르고 발달한 산업도 다르다. 화북지역과 동북지역은 밀, 조, 수수, 콩 등의 밭농사와 축산업이 발달하였고, 화중지역과 화남지역은 날씨가 따뜻하고 비도 많이 와 벼농사와 차의 재배가 이루어지고, 화남지역은 열대지역과 비슷해 벼의 2모작과 열대작물 재배가 활발하다. 또한 지하자원이 풍부하고 그 중에서 철광, 구리, 중석, 망간, 석탄, 석유 등의 자원은 세계적으로 생산량이 많으며 주석, 몰리브덴, 수은, 납, 카드늄 등도 많이 생산된다. 공업은 동북지방, 남부, 텐진, 상하이 지역이나 양쯔강 유역에서 발달했으나 지금은 내륙지방까지도 퍼져 있다.

　교육제도로는 취학 전 교육으로 3~5세 아동을 대상으로 유아원에 들어가 교육을 받는다. 초등교육을 담당하는 초등학교는 해당지역 교

육관이 운영하며, 때에 따라서는 기업체에서 운영하기도 하며, 6~11세 아동이 해당된다. 중등교육은 12~17세 청소년에게 제공하는 교육으로 보통중학교와 직업중학, 각종 중등 전문학교가 있다. 보통중학은 중학교와 고등학교로 나뉘고 각각 3년이다. 직업중학은 2~4년제이고 중등전문학교와 함께 전문기술 인력을 양성하고 있고, 다음 교육기관으로는 고등교육이 있으며 이를 담당하는 기구로는 대학교, 단과대학 및 전문대학이 있다.

정치형태는 노농연맹에 기초한 인민민주 독재의 사회주의 국가이며, 정부형태는 공산당 일당독재고, 의회는 단원제 전국인민 대표회의가 있다.

중국은 과거 공산주의 체재를 고수해 오다가 1980년 등소평의 개혁개방 정책에 따라 문호를 개방하기 시작하여 지금은 일부 사유재산을 인정하고 있는 추세로 정치를 제외한 모든 분야에서 공산주의를 포기하고 자본주의 체재를 도입하여 성공을 거두고 있는 나라다.

흔히들 중국을 아시아의 잠자는 용이라고 하는데 필자가 본 견해로는 잠자는 용이 아닌 목적지를 향해 달리는 용이 분명하다. 광활한 땅, 비옥한 토지, 무궁무진한 부존자원, 어마어마한 인구, 굴뚝 없는 고부가가치 산업인 관광자원 보고로 현재까지 일구어 놓은 경제 발전상을 보노라면 섬뜩함마저 느끼는 나라다.

요녕성 방문기

광활하고도 거대한 대륙!

13억의 인구가 존재하면서 그다지도 붐비지 않는 나라.

하늘을 찌를 듯한 기상으로 솟구친 빌딩 숲.

전 세계에서 자전거를 제일 많이 보유한 나라.

가도 가도 끝이 없는 드넓은 평야.

이것이 내가 본 요녕성의 일부였다.

2월 15일 인천공항에서 12시 중화민국 북방 민항기에 몸을 실은 지 1시간 남짓하여 대련 공항에 도착했다. 대련 만대 국제호텔에 여장을 풀고 양고기 샤브샤브로 점심식사를 한 후 대련시 무술협회 여의 주석 안내로 로고란 해상공원을 관람했다.

완만한 포구가 왠지 낯설지 않은 우리나라 서해안 도시를 연상케 해 정답기만 했다.

해상공원을 따라 연결되어 있는 해안도로는 관광벨트 조성이 거의 완성되어 별장을 유치하고 있는 중이란다.

저녁에는 우리 동포가 운영하는 일식집 이화원 김정남 사장님의 만찬이 준비되어 있어 일정을 서둘렀다.

이화원은 규모는 작지만 아담하면서도 깨끗한 분위기가 이국 타향이지만 우리 동네에 있는 일식집 같은 분위기가 풍겨 조금도 낯설지가 않았다. 그런 분위기는 우리 일행과 종업원 모두가 우리 언어를 구사하기 때문에 더욱 더 그런 감을 느꼈다. 대련시에 이주한 지 10년이 넘었고 이제는 살아가는 데 어려움이 없다는 말에 나는 더 큰 힘을 얻을 수 있었다.

우리는 매운탕을 시켜 김치를 곁들어 먹으며 대련시에 거주하는 우리 동포들의 문제에 대해서 많은 이야기를 나누었다. 김정남 사장님은 중국과 교류하던 회사의 부도로 인하여 대련에 정착했을 당시의 고생담을 애기할 때는 소주잔을 기울이는 나의 눈가에도 이슬이 흘러 내렸다.

젊어서 고생은 사서도 하지 않느냐고 위로의 말도 곁들이며 대련 땅을 찾는 우리 동포들에게 선배로서 따뜻한 안내자가 되어 주길 부탁드렸다.

저녁을 맛있게 먹은 우리 일행은 김 사장님의 안내로 북한에서 운영하는 찻집이 있다기에 함께 가보기로 했다. 말로만 듣던 북한의 사정과 인민들의 실정을 알아볼 겸해서 평양 고려원이라는 카페 비슷한 곳에 들렀다.

차와 맥주를 파는 2층 공간을 활용하는 곳인데 조용하고 어딘지 모르게 좀 쓸쓸한 분위기였다.

실내에는 여종업원 둘이 있었는데 이름은 성애경, 최옥희라고 소개했다. 어디서 본 듯한 그러한 인상들이었다. 지난 아시안게임 때 부산에 왔던 그 미인들을 연상케 하는 그런 여성들이었다. 굉장히 수줍어하고 언행 하나하나에 조심성과 약간의 경계 비슷한 느낌이 들었다.

메뉴판에는 북한 고유차와 커피, 녹차, 맥주가 있어 우리는 산삼차를 주문했다. 약간 검붉은 색에 쓸쓸한 맛이 독특했다.

이북 사투리를 섞어가며 북한 사정을 두루 물어 보았으나 결정적인 순간에는 일체 함구였고, 김정일의 자랑에는 입에 침이 마르지 않았다. 철저한 교육과 사상의 완전무결함에 우리가 오히려 기가 질렸다.

더 이상 얘기해 보았자 피차간에 얼굴만 붉힐 일이라 생각하고 분위기를 바꾸기로 결심하고 노래를 한 곡 부탁했더니 서슴치 않고 찔레꽃을 열창해 모두 박수를 보냈다.

노래 책에는 〈도라지〉, 〈황성옛터〉, 〈아침이슬〉, 〈우리의 소원은 통일〉 등은 알 만한 노래였고 혁명가니 뭐 통 들어 보지도 못한 이북 노래 투성이었다.

노래방 기계 또한 음질이 좋지 않았고 마이크도 성능이 좋지 못했다. 내가 답례로 〈우리의 소원은 통일〉을 불렀더니 성애경이라는 아가씨가 같이 합창으로 불러 분위기를 한층 고조시켰다. 최옥희가 북한 인민 가요를 몇 곡 열창했을 때는 시계 바늘이 10시를 가리키고 있었다. 우리는 자리를 정리하고 하루 빨리 남북통일이 이루어지길 고대하며 서로가 노력하자고 악수를 한 후 숙소로 돌아왔다.

내일 일정은 이토 히로부미를 사살하고 대한독립을 위해 목숨을 바친 안중근 의사가 옥사한 여순 일제 감옥 구치소를 방문할 계획인데 출입통제가 심하다는 가이드 말에 여의 주석과 상의했더니 최선을 다하겠다고 알려 왔다.

조찬은 가볍게 빵으로 때우고 여순 일제 감옥소로 향했다. 연락을 받았는지 우리 일행을 반갑게 맞이해 주는 관리를 따라 구치소로 들어갔는데 안내원까지 동행시켜 주었다.

특유의 인민 복장을 한 말총머리에 170cm 정도의 상당한 미인이었다. 관광 전문학교를 졸업하고 근무한 지 2년째라고 소개했다.

1902년에 일본 놈이 지은 벽돌 건물은 100년이 넘은 지금도 견고하고 실물 그대로를 보존하고 있었다.

입구 중앙에 죄수복이 걸려 있는데 빛바랜 옷만 보더라도 그 때의 고통을 느낄 수 있는 참혹한 광경이었다. 그 당시에도 철창을 이렇게 튼튼히 만들 수 있고 지하 통로를 만들어 특별 죄수는 지하 감옥소에 유치했다는 설명과 안중근 의사는 독방을 쓰셨다는 말도 들었다.

구치소 안에는 짚신과 나무통 2개가 있었는데 그것은 대·소변용이라고 한다.

지하 1층, 지상 2층 건물은 양 옆으로 구치소가 즐비하고 6인실과 4인실, 독방이 있고 지하 한쪽에는 사람을 묶어 놓고 구타했던 형틀과 몽둥이가 그 때의 끔찍했던 독재의 만행을 증명함에 모골이 송연해짐을 느꼈다.

이만 육천평의 대지 위에는 구치소, 공장, 식당, 면회소, 인쇄소, 의료실, 소운동장, 약방이 있고 사형장이 있었다. 사형장에는 2개의 골방이 한 사람 들어가기에는 충분한 공간이었다. 사형이 집행되기 전에 대기하던 곳 같았다.

교수대가 서있고 그 밑에는 나무로 만든 통이 있는데 죽으면 담아서 지하실에 보관해 놨으며 지금도 사람 뼈가 담겨져 있었다.

우리 일행은 선열들의 유해에 묵념하고 특히 안중근 의사에 대해 애통함을 금치 못했다.

선생께서는 황해도 해주에서 태어나셔서 31세의 젊은 나이로 (1879~1910) 빼앗긴 조국을 찾기 위해 이역만리 타국에서 형장의 이슬로 최후를 다하셨다.

우리 일행은 기념 촬영을 한 후 여의 주석이 준비한 오찬에 참석했다.

대청화라는 음식점인데 규모의 방대함에 놀라지 않을 수 없었다. 현관 좌측에는 살아있는 뱀, 코브라, 독사, 살모사들이 수십 마리씩 무리를 지어 유리 상자에서 꿈틀거리고, 맨 밑의 유리상자에는 꿩과 닭이

있는 식당이어서 혹시나 뱀탕이 나올 줄 알고 기겁을 하였다. 소고기 튀김, 닭고기튀김, 버섯류가 나오고 돌냄비에 이름 모를 음식이 나왔는데 혹시 뱀고기가 아닐까 해서 수저를 들지 못하고 구경만 하고 있던 나를 보고 뱀고기는 없고 개구리 고기가 있다고 해서 또 다시 수저를 놓고 말았다.

접대하는 측의 성의를 무시하는 것 같아 수저를 들고 원탁을 돌려가며 개구리 요리를 피하느라 식은땀을 흘렸다.

오후에는 대중 사우나에서 여독을 풀고 밤 10시 비행기로 심양을 가기로 되어 있어 잠시 쉬기로 했다.

옥이 많은 나라라 그런지 목욕탕 바닥 전체가 옥돌로 장식되어 있어 슬리퍼를 신고 들어가서 목욕을 하는 것이 좀 이색적이었다. 그것은 미끄럼을 방지하기 위한 처방이라는 것을 쉽게 알 수 있었다.

발 마사지의 원조인 나라인지라 가는 곳마다 발 마사지실이 있고 목욕탕 내에도 어디든 마사지실이 있었다.

우리 일행도 목욕 후 발마사지를 했는데 종업원들이 수십명 있었다.

목욕탕 종업원 한 사람을 불러 물어 보았더니 한국말을 제법 잘 하였다.

본인은 조선족이라고 소개하고 길림성이 고향이라고 하며 월수입이 600원(위안화)이라고 했다.

나는 열심히 노력하라고 등을 두드려 준 후 5000원(한화)을 주니까 고맙다고 허리를 굽혔다.

다른 사람도 아닌 우리 동포인데 더 많이 주고 싶은 마음 간절했다.

저녁에는 대련 흑룡강성 공보 부주석인 손덕평 여사의 만찬에 초대되어 흥겨운 자리가 이어졌다.

만두를 전문으로 하는 식당인데 우리 입맛에도 맞고 종류도 다양했다. 찐만두, 군만두, 튀김만두와 양고기 튀김, 소고기 튀김, 빼주라는

독특한 향이 풍기는 술로 건배를 했다. 우리 일행 중 나는 원래는 수필가인데 소설가로 소개하자 정말 존경한다는 여의 주석과 손덕평 부주석과 러브 샷을 번갈아 하며 나의 독무대가 되기도 했던 흥겨운 작별의 시간이었다.

서로의 아쉬움을 간직한 채 서울에서 다시 만날 것을 약속하고 밤 10시 비행기 시간을 맞추기 위해 대련공항으로 향했다.

대련공항에서 심양으로 약 40분 정도 날아와 상무호텔에 여장을 풀었다. 17일 오후 요녕성 인대위원회 공식 행사 준비를 위해 밤잠을 설치기도 했다. 심양시는 중국에서 다섯 번째로 큰 도시라고 한다. 면적은 1380㎢, 인구 720만으로 동북 삼성에서 가장 중요한 역할은 물론 정치, 경제, 문화의 중심지로서 청나라 발생지이기도 한 2300년의 유구한 역사를 자랑하고 있으며 다섯 번째 개칭한 명칭이 심양이라고 한다.

우리나라의 유명한 대하소설인 《토지》(박경리 작)의 중심 무대인 봉천이 심양인 것이다.

점심 오찬은 우리 동포로서 성공한 조원강 사장이 운영하는 해남도에서 했다. 우선 대화가 통하니 좋고 일자리 한 자리라도 우리 동포를 채용해서 좋고 대한민국 국운이 성장해서 좋았다.

요녕성은 경기도와 자매결연이 되어 있고 심양시는 성남시와 자매결연이 되어 있는 도시이다. 우리는 요녕성 인대위원회 왕상민 부주님, 조자량 부주님, 고애화 외사, 변공실 위원, 손대경 부주님, 송욱래 부주님과 약 2시간에 걸쳐 진지한 대화를 나누었고 경제교류 활성화 문제에서는 선진 한국기술을 대단히 부러워했다.

심양에는 우리 동포 약 7000명이 거주하고 있다. 5월 16일부터 1주일간 재 한국인 체육 대회가 열린다.

체육 교류와 문화 유적지에 관한 문제, 양국간의 향토공원 조성, 특

히 월드컵에서 보여 주었던 신화적인 4강 진출에 대해선 크나큰 자부심과 영광이 아닐 수 없었고 중국 또한 대단히 부러워하는 대목이었다.

중국에서 위대한 지도자로는 모택동, 강택민, 등소평을 꼽는데 그 중에서 내가 읽어본 자료는 모택동의 《무전여행기》를 감명 깊게 읽은 적이 있고, 강택민이 주장하는 3대 대표적인 사상을 나는 존경한다.

첫째 '선진 생산력', 둘째 '선진 문화', 셋째 '전인민의 이익'이라는 3대 사상을 실천하기에 오늘날의 거대한 중국을 발전시키고 있지 않나 생각해 본다.

현재 중국의 국민소득은 1인당 2500달러 우리는 약 1만 4000 달러에 있지만 중국 대륙은 무서운 잠재력을 보유하고 있는 나라라고 생각이 된다.

무질서 속에서 질서를 찾는 나라, 도로에 중앙선이 있지만 마음대로 넘나들고 유턴도 마음대로 하지만 항시 마음 속에 중앙선을 지킨다는 무서운 말 속에는 내일의 그 무엇인가를 엿볼 수 있는 듯하다.

영빈관에서 받은 극진한 대우, 잠자는 용이 아닌 깨어나 기지개를 켜는 듯한 감명 깊은 강한 인상, 도대체 우리의 용은 어떠한 행동을 취하고 있는 것일까?

뛰어라, 그리고 날아라. 모든 힘을 합치고 단합하여 새로운 개척, 새로운 창조, 새로운 미래 속에 꺼지지 않는 동방의 등불이 되어 다오!

한강의 기적을 일구어 냈던 위대한 저력을 다시 한 번 발휘하여 세계 속에 빛나는 나의 조국, 나의 대한민국, 내가 사랑하는 나의 용이 되어 다오!

광동성

　광동성은 중국 대륙의 남부에 위치하고 있으며, 동쪽은 복건성, 북쪽은 강서성, 호남성, 서쪽은 광서, 장족 자치구와 접해 있다. 면적은 17.8만㎢로 중국 국토의 1.85%를 차지하고 있으며 인구는 8642만명, 인구밀도는 486명/㎢이며, 행정구역은 성도인 광주를 포함한 21개 시, 33개 현급 시, 46개 현으로 구성되어 있으며, 주요 도시로는 廣州, 深川, **東莞**, 珠海, 汕頭, 佛山 등 省내 3개 지역이 최초로 경제 특구로 지정되면서 중국 경제 발전의 선도적 역할을 해 왔으며 홍콩, 마카오, 배후지역으로 중국 대외무역의 38%, 외자유치 27%를 점유하고 있는 도시이다.

　심천은 광동성 전체 수출의 37.6%를 차지하는 경제 특구로서 중요 위치를 차지하고 있다. 우리는 여장을 챙겨 심천으로 가기 위해 홍함역을 찾았다. 홍함역에서 로우까지 가는 전차를 타고 창밖에 펼쳐지는 전경은 우리나라 농촌도시를 연상케 했으며 홍콩의 인접거리여서 그런지 고층빌딩은 홍콩과 많이 흡사했다. 로우역에 하차하여 입국수속 절차를 밟는데 중국 특유의 만만디(느긋한 성품) 그대로였다.

　심천은 지리적으로는 광동성 중남부 연해에 위치해 있으며 남쪽으

로 홍콩 북쪽은 동관시, 蕙州市와 육지로 접하고, 서쪽은 珠江 입구, 동쪽으로는 大鵬灣(대붕만)에 면해 있으며 북부지역은 산이 많고 남부지역은 구릉과 평원으로 되어 있다. 면적은 1948㎢이고 인구는 700만 명이며 행정구역은 현재 6개로 나누어져 있으며 4개 구가 경제특구이다.

심천시는 1979년 3월 시로 지정됐고, 1980년 8월에 경제특구가 설치된 이래 20년 간 지속적인 경제발전을 거듭해 작은 어촌이 현대적인 도시로 탈바꿈했으며 대외 개방 이후 현재까지 비약적인 경제성장과 컴퓨터 분야 네트워크와 IC분야 소프트웨어 분야 등 첨단 산업을 위주로 한 첨단기술제품 생산이 중국내륙 도시 중 1위로 나타나고 있다.

또한 심천은 중국 내 총생산액의 연간 성장률은 30.3%, 1인당 GNP는 제1위, 첨단기술제품 생산액은 공업 총생산액의 42.3%를 차지하고 있으며, 고속성장 속에서도 화원도시, 국가 환경 모범도시, 중국 우수 여행도시 등 명예로운 칭호를 가지고 있다.

홍콩

지식의 습득 방법은 보편적으로 두 가지로 나눌 수 있는데 한 가지는 책을 통해 공부를 하는 방법과 다른 한 가지는 체험을 통해 느끼는 방법이라고 본다. 오늘은 의원 국외공무 연수차 첫 나들이를 가는 날이다.

새벽 4시에 기상을 해야 하는 설레임 속에 잠을 이루지 못한 푸석푸석한 얼굴이지만 기대와 희망 속에 눈망울만은 또록또록 빛났다. 의회에서 5시에 출발하여 인천 국제공항에서 출국 수속을 마친 후 세 시간의 비행 끝에 홍콩 책랍콕 국제공항에 11시 30분에 도착했다.

낯설은 이국땅의 정취에 조금은 어색했고 도무지 말이 통하지 않으니 답답함 속에 부딪히는 사람마다 색깔이 다르니 신기하기도 했다. 마중 나온 가이드를 따라 버스에 짐을 싣고 '장원'이라는 한식당을 들렀는데 메뉴의 다양함에 놀라지 않을 수 없었다. 굴비구이, 이면수구이, 은대구조림, 고등어김치조림, 동태찌개, 순두부찌개, 낙곱전골, 순대곱창볶음, 쌈밥 등 이름만 들어도 반가웠다.

음식값은 꽤나 비싼 편이었다. 만오천 원이 기본이고 진로 소주 한 병에 이만원이었다. 홍콩은 중국 대륙의 최남단에 위치한 섬이며 세계

에서도 인구밀도가 과밀 지역으로도 유명하다. 불과 1069㎢ 토지에 670만명이 살고 있어 그런지 아파트가 거의 40층 이상의 고층건물이고 빌딩 또한 그보다 더 높아 시가지 전체가 빌딩 숲으로 둘러싸여 있다. 대중교통 수단으로 전차와 2층 대형버스와 버스 2대를 연결한 것처럼 큰 버스가 상당히 인상적이었다.

도로망은 잘 정비되어 있고 고가도로를 이용하여 교통체증을 줄이는 방법은 잘 되어 있었다. 우리나라도 차량 수를 줄이고 2층 버스와 전차운행을 하면 도심 속의 공해를 조금이나마 해소시킬 수 있는 방법이 아닐까 생각해 본다.

홍콩은 아편전쟁(1840~1842)에 의해 영국의 식민지가 된 이후 1997년 중국에 반환될 때까지 156년 동안 세계의 자유 무역항으로 발전에 발전을 거듭한 도시이다. 홍콩에는 해저 터널이 4개 있는데 지하 17~18m를 파 내려가 만든 것이라고 한다. 또 특이한 1323m의 천마대교는 교각이 없이 2층으로 이루어진 대교인데 야경에는 그 웅장함과 아름다운 조명이 홍콩의 명물이기도 하다.

홍콩에서 최고 높은 78층 쌍둥이 빌딩이 있는데 우리나라 LG쌍둥이 빌딩의 원조가 아닐까 생각이 든다. 해안선을 따라 산 위에 설치된 1.5㎞의 케이블카를 타고 올라가면 지하 5층의 해양공원이 나타난다. 통로를 빙글빙글 돌면서 지하 5층까지 해양공원을 관람할 수 있는데 수백 종도 넘는 바다 생물이 여유롭게 놀고 있는 모습은 경이로운 극치를 자아낸다. 엄청나게 큰 상어가 있는가 하면 조그만 물고기도 함께 어우러져 살고 있는 모습이 수중낙원 그 자체였다. 특히 가오리의 활보가 두드러져 보였는데 큰 학이 날갯짓을 하며 여유롭게 비행하는 모습과 똑같아 보였다.

해양공원 내에는 깊은 바다 속을 연상케 했는데 자연동굴을 그대로 활용해 그 아름다움의 극치는 말로 표현하기 힘들만 하다.

우리나라 제주도에 이보다 몇 배 큰 세계에서 제일가는 해양공원을 만들고 싶은 간절한 마음을 고이고이 간직한 채 빅토리아 파크로 발길을 옮겼다. 홍콩에서 가장 높은 산에 용의 등과 같이 생긴 산허리에 위치한 빅토리아 파크는 항구의 장관과 도시의 전망을 한눈에 내려다볼 수 있는 훌륭한 관광명소다.

파크램을 이용해 373m를 타고 올라가면 그 유명한 홍콩의 밤거리를 볼 수 있는데 1888년부터 이 파크램을 운영했다는 소리에 또 한 번 놀라지 않을 수 없었다. 우리는 그 당시 무엇을 했을까? 짚신에 바지저고리를 걸쳐 입고 부싯돌을 때리고 있을 때 저들은 전기모노레일 같은 전차를 운영하고 있었으니 참으로 문명의 아이러니가 아닐 수 없다.

우울한 생각이 들어서 그런지 날씨 따라 우중충하더니 보슬비가 내리기 시작했다. 안개가 자욱히 피어 오르는 모습 사이사이로 약간의 야경을 관람한 후 내려왔다. 배에서 쪼르락 소리가 들릴 아홉시쯤 오리 요리집을 들렀으나 그 특이한 향 때문에 수저를 들 수가 없었다.

가이드가 자리를 비운 사이 둥근 원탁 테이블에 기름에 튀긴 음식이 나오고 큰 사발 같은 그릇에 차를 달인 물이 올려져 있기에 차라도 마실 겸해서 그 물을 떠서 배를 채우고 있을 때였다. 음식점 지배인이 무슨 말을 하는데 알아듣는 사람도 없고 우리 일행끼리 겸연쩍어서 빙긋 웃으며 차를 마시기에 여념이 없었다. 조금 후에 가이드가 나타나 당황스런 표정을 짓기에 무언가 잘못 되어가고 있구나 하는 생각이 들었다.

가이드는 찻물을 마시는 우리에게 황급히 손을 내저으며 마시지 말라며 죄송스런 표정을 지었다. 내용인즉 차가 아니고 음식을 먹기 전에 손을 씻는 물이라고 하니 기절초풍할 노릇이었다. 배가 고파 이미 한 잔씩 마신 후라 뒷맛이 개운치 않았으나 배고플 때 먹는 ○물은 약이 된다고 스스로 자위를 했다. 해외를 자주 다녔으면 이런 해프닝은 일어나지 않았을 것을 생각하며 더 이상 수저를 들지 못하였다.

홍콩은 물이 귀할 뿐더러 값도 비싸다. 중국 본토 대륙에서 송수관을 통하여 끌어 올려 그런지 물에 대한 인심이 그렇게 각박할 수가 없었다. 조그만 병 하나에 호텔에서 만원씩 가니 홍콩에 비하면 실로 우리나라는 복받은 나라다. 제주도를 국제적인 도시로 개발하면 홍콩보다 더 아름답고 훌륭한 도시가 될 터인데 왜 우리는 그렇게 하지 못하는 걸까?

백만불짜리 야경은

자본주의 사회에서 돈의 가치는 소중하며, 또한 돈은 자본주의 상징이기도 하다. 사회의 모든 구조가 돈으로 시작해서 돈으로 끝나는 게 현대 사회를 살아가는 우리의 현실이다.

전에는 백만장자를 부러워했고, 백만장자 되기를 꿈꿔 왔다. 백만장자라면, 현재 환율로 약 12억원의 거금이 아닐 수 없다.

만약에 하루 저녁에 쓰는 전기료가 100만불이라면 우리는 믿어야 할까? 말아야 할까? 그 생각에 필요 이상의 곤경에 빠질 것이지만, 현실이라는 점에 다시 한 번 벌어진 입을 다물 수 없을 것이다.

오색찬란한 네온싸인으로 빛나는 밤의 도시, 거대한 88층의 고층빌딩에서부터 시작하여, 60여층의 아파트와 빌딩 숲이 어우러져 층층이 형형색색 빛을 발산하는 도시, 아시아의 허브공항을 갖추고 있는 88게이트의 책락콕 공항을 가진 홍콩의 밤거리다.

홍콩은 1069㎢에 우리나라 제주도 섬 1847㎢의 약 58%에 해당한다. 267개의 작은 섬으로 연결되어 있다는 점을 감안한다면 별 볼 일도 없고 보잘것 없는 섬처럼 생각이 들지만, 홍콩과 제주도는 하늘과 땅 차이라는 점을 실감할 수 있다.

인구 또한 대단하다. 제주도의 반이 조금 넘는 좁은 땅덩어리에 681만명이 살고 있다는 가상 아닌 현실과, 제주도는 2003년 통계자료에 의하면 552,000명이 살고 있는 쾌적하고 살 맛나는 도시임에도 불구하고, 그런 맛을 느낄 수 없다는 점에 우리 국민 모두는 다시 한 번 깊이 생각해 봐야 할 것이다.

홍콩의 우리말 한자 발음은 향항(香港)으로서, 향나무를 재배하여 판매를 주로 했던 섬으로 영국이 지배하며 불리웠던 이름이 홍콩이다.

홍콩은 1840~1842년 아편전쟁을 치루며 영국의 지배 아래 식민통치 되어 오다 1997년 7월 1일 중국에 반환될 때까지 156년 동안 첨단 도시국가로 발전해 왔으며, 세계적인 무역항과 552개의 금융가와 관광가로 명성이 있는 세계적인 항구 도시다.

적은 땅덩어리를 최대한도로 활용하는 경제적 논리를 적용시켜 최고의 부의 가치 창조를 이룩한 그들의 섬세하고도 치밀한 계획성을 본받고 배워야 함이 분명하다. 국민소득 24,000불, 물 한 방울 나지 않아 중국으로부터 전량을 수입하는 나라인 점을 감안한다면, 해가 지지 않는 나라 영국의 거대한 힘, 또한 우러러 보지 않을 수 없다.

전부 수입에 의존해 살면서도 부의 축적을 과시하는 나라, 생산할 수 있는 것은 전기와 아이 밖에 없다는 웃지 못할 애피소드를 간직하면서도, 방대한 국토를 비웃기라도 하는 양 새삼 얼굴이 붉어지기도 한다.

관세를 철폐하여 전세계 물동량을 유인하여 세계 두 번째로 큰 컨테이너 항구를 가진 조그맣고도 큰 나라, 554m의 태평산 빅토리아 공원은 청계산 615m보다 작지만 빈 공터 하나 소홀히 다루지 않는다는 점을 생각해 보면 더욱 얼굴이 달아오른다.

위대한 인간의 힘을 생각하며 그 힘을 활용하지 못하는 우리나라의 현실 앞에서 필자는 펜을 꺾고 싶은 심정이다. 홍콩인들은 8자를 행운

의 숫자로 삼고 있으며, 매사에 8자를 많이 사용한다.

그래서 팔자가 늘어져 살기 좋은 나라인지도 모르겠다. 홍콩의 최고 갑부인 이가성이 가지고 있는 빌딩도 88층으로 홍콩에서 최고 높은 빌딩이다.

빅토리아 공원 태평산은 영국 빅토리아 여왕의 이름을 따서, 빅토리아 파크로 만들고 1988년에 만든 피크트램은 45도 각도로 쏟아질 듯 내리꽂히는 시간이 8분이요, 거기서 지붕없는 2층 버스를 타고 구룡반도를 잇는 스타페리호 항까지 걸리는 시간 또한 8분이고, 스타페리호를 타고 구룡반도에 도착하는 시간 또한 8분 거리다.

빅토리아 공원에서 홍콩 밤거리를 바라보노라면 하늘의 별빛보다는 야경의 황홀함에 아! 하는 감탄사가 절로 나온다. 우리나라 옛 가요 중 금사향이 불렀던 '별들이 소근대는 홍콩의 밤거리'를 노래한 것은 별빛보다 찬란한 밤풍경을 노래했음직하다.

아! 황홀한 홍콩의 밤거리 88층 고층빌딩이, 휘황찬란한 불빛을 발산하며 2.2㎞의 교각없는 청마대교의 웅장함을 조명으로 밝히는 화려한 야경에, 하루에 소모되는 전기요금이 100만 불이 든다고 하니, 가히 짐작할 만하며, 아름다운 야경을 창출하기 위함인지, 아니면 절약성인지, 일일 3교대로 근무시간을 조절하여 효율성을 힘껏 발휘하고 있다.

100만불을 써서 더 아름다운 도시를 만들 수 있는 곳은, 제주도가 아닐까 싶다.

멀고도 가까운 나라

인천 공항을 출발한 비행기는 일본 나리타 공항을 경유 아메리카대륙의 광활한 땅을 향해 기내식을 몇 차례 먹으며 비행했다. 졸리지 않은 눈을 감기도 하고 상상의 나래를 펼치며 운무의 황홀한 광경에 혼자서 감탄사를 연발하기도 했다. 거대한 동물의 왕국을 보는 양 곰도 그려지고 코끼리도 그려지고 포근하고 부드러운 솜 덩어리를 만들면서 뛰어내리고 싶은 착각이 들기도 했다. 자연의 신비함은 지상에서도 아름다움 그 자체를 간직하고 있으니 신의 창조물임에 그저 경의를 표할 뿐이다.

의원국외공무연수를 갈 때면 항시 많은 견문지식을 넓히고 우리보다 발전된 선진국의 문화를 배워서 이 땅의 국민을 위해 무엇인가를 해야겠다는 각오를 다지건만 그 욕심은 현실과 부딪히면 좌절되는 허무감을 항상 느끼곤 하는 것이 나의 현실이기도 하다. 좀더 많은 지식을 습득하고 쉴새 없이 메모도 하지만 귀국해서는 메모 정리할 시간도 없는 게 의원 생활이기도 하다.

콜럼버스가 미 대륙을 발견했을 당시 원주민인 인디언은 약 150만 명밖에 안 된 나라가 2억8,400만 명의 인종전시장을 만들었고 지구상

의 모든 인종과 민족이 뒤섞여 있는 특이한 복수 민족국가로서 세계를 지배하는 최강대국으로서 소위 말하면 짬뽕이요, 잡탕이 더불어 함께 사는 위대한 힘을 보게 됨에 절로 고개가 수그려진다.

그런데 우리는 조그만 땅덩어리 그것도 모자라 남북으로 허리가 잘리고 한 민족 한 동포끼리 총부리를 맞대고 있는 것도 모자라 동서로 갈라지는 갈등과 분열 속에 지역패권주의를 양산해 내는 치졸한 정치 현실을 생각하면 가련타 못해 측은한 심정을 수세미로 빡빡 닦아내고 싶어진다. 일인당 GDP 36,158불, 우리는 8년째 10,000불에서 턱걸이를 하는 안타까운 현실을 이 나라 국민 모두가 사고의 대전환이 필요한 시기가 아닐까 생각해 본다.

거대한 대륙, 가도 가도 끝이 없는 나라, 교통수단이 육로보다 항로가 더 필요하고 발달된 나라, 인간을 중시하는 나라라는 강한 인상을 받았다. 노동을 신성시하며 통나무와 오두막집에서도 대통령을 배출시키며 노동이 성공의 지름길이라는 기본사상을 심어주는 나라, 그것이 미국임에 틀림이 없다.

우리는 전 세계인을 경악과 공포로 떠들썩하게 했던 2001. 9. 11항공기 테러로 쌍둥이 빌딩이 무너진 뉴욕의 맨하탄을 찾았다. 미국의 총면적은 9,633,350㎢로서 한반도 전체 222,154㎢의 43.36배나 되는 상상을 초월하는 광활한 대륙이다.

뉴욕은 미국의 50개 주중의 하나인 뉴저지주의 도시로서 동부지역 관광의 중심지이자 세계 최대의 도시이며 미 대륙의 동부 해안에 위치하고 있으며 맨해탄과 브루클린, 퀸스, 브롱크스, 아일랜드의 다섯 개의 독립 구로 구성되어 있다.

맨해탄은 섬이다. 이 섬은 1524년 이탈리아 항해사 조만리 다 베라자노가 최초로 발견했으며, 그 후 100년 뒤 네덜란드가 허드슨강으로 진출해 뉴 네덜란드로 정하고 뉴 암스테르담을 세웠다는 기록이 있다.

더 재미있는 일화는 1626년 최초의 주지사인 피터 미뉴어트가 인디언 들에게 24달러어치의 장신구를 주고 맨하탄 섬을 샀다는 애피소드가 있다. 맨하탄 섬으로 가려면 4개의 해저 터널을 통과해서 진입할 수 있다는 가이드의 말을 듣고 우리는 그중 하나인 링컨 터널을 통과해 진입했다.

1921년에 완공했다는 2.7㎞의 긴 터널은 100여년이 지난 지금에도 견고하며 화려하게 치장을 하지 않은 원 상태 그대로의 실체를 보여주 고 있다. 맨하탄 거리는 일방통행을 적용해 교통체증이 이루어지지 않 으며 원만하게 소통이 이루어지고 있으며 빽빽하게 둘러싸인 빌딩 숲 은 꼭 홍콩의 거리와 유사한 느낌이 들었다.

1902년 최초로 지은 작은 건물에는 그 유명한 르 휘가르 카페가 있 다. '마지막 잎새'의 작가 오 헨리가 즐겨 찾으며 글을 썼던 카페로 유 명한 예술가들의 휴식처이기도 했다.

세계의 금융시장의 중심이기도 한 세계 제일의 규모를 자랑하는 뉴 욕 주식(증권)거래소, 대은행이 집중되어 있는 곳이 그 유명한 월가 (wall street)다. 월가라는 이름은 네덜란드인이 인디언과 영국인의 침입을 막기 위하여 허드슨강부터 이스트강까지 쌓은 성벽에서 유래 한다.

9. 11항공기 테러로 무너진 쌍둥이 빌딩의 자리는 지금도 폐허로 방 치되어 있으며 참담했던 그 때의 아비규환을 연상케 했다. 우리 일행 은 무고한 희생자들의 영혼을 위해 묵념을 했다. 맨하탄에서 빼놓을 수 없는 몇 가지만 소개하고자 한다.

자유의 여신상은 뉴욕은 물론 미국을 상징하는 높이 96m, 무게 225톤으로서 두꺼운 동을 늘여서 만든 연판제 동상으로서 속은 비어 있으며 내부에는 엘리베이터가 설치되어 있다. 일명 속 빈 여자라는 우스개 소리도 있으나 미국 독립 100주년을 맞이하여 프랑스 국민이

선물해 주었다고 한다. 원래 자유는 세계를 비친다는 뜻을 담고 있다고 한다. 테러 이후 내부에는 관람이 금지되어 있다.

앰파이어스태이드 빌딩은 자유의 여신상과 함께 뉴욕을 대표하는 고층빌딩으로서 지상 381m 탑 꼭대기까지는 443m 102층으로서 미국에서 두 번째로 높은 빌딩이다. 미국의 대공황 때 착공 2년 만에 완공되었으며 공사비만 4,000만 달러나 들었으며 초고속 엘리베이터가 설치되어 있으며 1931년도에 설립했다고 하니 우리는 그때 무엇을 하고 있었는가?

1919년 한일합방으로 일제치하에서 왜놈들로부터 착취를 당하며 바지저고리에 상투머리로 곰방대를 물고 있던 시절에 최첨단 공법을 적용해 1년 7개월만에 완공되었다고 하니 실로 벌어진 입이 다물어지지 않는다.

앰파이어스태이드 빌딩 전망대에서 보면 록펠러재단 빌딩이 중심부에 자리잡고 있다. 무려 21개 빌딩이 무리지어 있는데 맨하탄 시민에게 수도세를 대신 납부해 주고 있다고 하니 GE재단은 돈을 벌어 사회에 환원시키는 참 기업가 정신이 부러울 수밖에 없다. 우리 한국 사회는 언제쯤 그런 기업이 탄생할 날이 올 것인지 기대해 본다. 세계적인 자본주의의 대표되는 도시 맨하탄 거리는 거대한 고층 빌딩 숲으로 둘러싸여 있다. 전 세계 유색인종이 함께 어우러져 질서를 찾는 도시, 그 도시에도 할렘가가 있다. 저녁에는 우범지대로 주로 마약을 하는 흑인들로 우글거린다. 이러한 암흑가를 끌어안고 있으며 세계 제일의 도시를 만들어 가는 미국인들의 우월성을 다시 한 번 돌이켜 생각해 볼 수 있다.

나는 맨하탄의 고층빌딩도 또한 최고급품만 판매한다는 싹스 백화점도 세계 최대의 금융시장인 월가라든지 앰파이어스태이드 빌딩보다도 더 감명 깊은 곳을 소개하고자 한다. 다름 아닌 센추럴파크다.

126

산도 나무도 없는 삭막한 허허벌판에 그것도 육지도 아닌 섬 땅에 여의도 면적의 몇 배가 넘는 105만평을 사람의 힘으로 인공공원을 만들어 수백년이 흐르도록 잘 유지하고 관리한 결과 세계적인 인조공원을 만든 사실을 찾아볼 수 있다. 공원 내에는 자동차도로가 연결되어 있으며 차량이 정차하면 벌금을 물린다고 한다. 인공호수에는 낚싯대를 드리우고 시간을 낚는 강태공의 여유를 보면서 만약에 센추럴파크가 없는 맨하탄은 존재할 수 있을까를 생각해 본다. 맨하탄의 심장부 아니 허파와 같은 산소를 공급해 줄 수 있는 유일한 자연공간을 그들은 머릿속에 그리며 맨하탄가를 조성했다는 사실에 재삼 깊은 감명을 받지 않으면 안 되었다.

흔히들 고대 문명은 인도 갠지스 문명, 이집트 나일강 문명, 중국의 황하 문명, 메소포타미아 문명이라고 말하는데 맨하탄은 허드슨강의 도시 문명임이 분명하다.

이역만리 머나먼 미국 땅, 조국 해방과 더불어 휴전협정이 조인될 때까지 175만 명의 미군이 참전한 나라, 식량원조는 물론 인계 철선까지 만들어 37,000여명의 주한 미군이 있기에 오늘의 대한민국의 안보도 지켜지는 것은 아닐런지!

나이아가라! 나이야 가라?

　나이아가라 폭포는 캐나다와 미국의 국경에 위치하고 있는, 세계 최고의 거대하고 장엄한 폭포로서, 백인에게 알려진 것은 1678년 프랑스의 선교사 루이테네핀에 의해 발견되었다고 한다.

　캐나다에서 탑승한 버스는 미국령을 통과하기 위하여 국경에서 간단한 여권수속을 마치고, 그 웅장한 모습을 서서히 드러내기 시작했다.

　도저히 믿기 어려운 현실, 주변 경관은 평평한 평야지임에도 불구하고 세계 최대의 폭포가 존재한다는 사실 자체를 부인하고 싶었다.

　흔히 우리가 알고 있는 폭포는 깊은 산골짜기에서 계곡에 물이 고여 낭떠러지로 떨어지며 낙차로 인한 웅장한 소리와 물보라로 오색 무지개를 연상하는 것이 고작이었는데, 산도 계곡도 없는 그저 평범한 강줄기가 흘러 내릴 뿐이었다.

　나이아가라 폭포는 미국과 캐나다의 국경 부근에 있는 다섯 개의 큰 담수로 일명 오대호 중 몬타리오호와 이리호를 잇는 나이아가라강에 있으며, 강 가운데는 고트섬을 경계로 캐나다 폭포 높이 48m, 폭 900m와 미국 폭포 높이 51m, 폭 305m로 나뉘어진다.

나이아가라 폭포는 정면에서 볼 때 좌측에 위치한 좀 적은 것은 미국 것이고, 정면에 맞부딪치는 거대한 폭포는 캐나다 것이다.

나이아가라의 본뜻은 천둥소리를 의미하는데 실제로 낙차로 인한 소리가 천둥소리 비슷해서 필자는 우리말로 해석을 해 오른쪽 주먹을 쥐고 번쩍 추켜세우며 '나이야 가라, 나이야 가라, 나이야 가라'를 세 번 복창하고 나이가 젊어지기를 기원해 보니, 그 원뜻보다는 우리말이 훨씬 잘 어울린다는 사실을 깨달았다.

옛날 원주민인 인디언들은 이 폭포의 굉음을 듣고, 신이 노해서 천둥을 친다고 하여 매년마다 아리따운 처녀들만 골라 제물로 바쳤다고 하며, 안개가 자욱한 날에는 숙녀의 상이 그려진다고 하여 안개의 숙녀라는 전설이 지금도 전해져 내려오고 있다.

염소의 섬으로부터 양국의 경계령이 시작되며, 캐나다 폭포를 말발굽 폭포라고도 부른다. 폭포 주변에 도착하면 50m 이상 떨어지는 낙차의 소리 때문에 대화가 불가능하며, 한참 후에는 귀가 멍멍해질 정도로 천둥소리 또한 요란하다.

말발굽 폭포는 초당 2,830톤의 물이 한꺼번에 쏟아지며, 물보라를 일으키는 경관은 가히 세계 제일의 명물이 아닐 수 없다.

이 폭포의 위력을 경험하기에 가장 좋은 방법으로는 안개의 숙녀호

라는 관광유람선이 있는데, 이 배를 타면 폭포의 낙하지점 바로 앞까지 갈 수 있으며 탑승객 모두에게 눈만 내놓을 수 있는 비옷을 지급받게 된다.

이 비옷을 입고 물보라를 맞으며 비춰지는 일곱 색깔 무지개를 감상하는 것 또한 가히 환상적이다. 나이아가라 폭포는 미국과 캐나다가 공동관리로 운영하고 있으며, 더욱 놀라운 사실은 년간 1,200만명의 관광인파가 몰리는 세계적인 관광명소로 자리를 잡았고, 그 수입 또한 4조원이 넘는다는 데 벌어진 입을 다물지 못했다.

신이시여, 어찌하여 그 황량한 허허벌판에 그토록 아름다운 당신의 창조물을 만드셨나이까? 물 좋고 산 좋은 삼천리 반도 금수강산에 행여 실수라도 좋으니 설악산이면 어떻고 한라산이면 어떻습니까? 이왕 지사 저지르는 실수라면 한라산에 한 번만 실수를 저질러 주십시오. 그리하여 8년째 턱걸이하는 국민소득 1만불 시대를 옛날의 추억으로 만들어 주십시오. 그리고 땀 흘려 일하는 국민성으로 3만불 시대를 일구어 낸다면, 아! 나의 조국 대한민국도 희망이 싹이 틀 것입니다.

7천만 동포의 우렁찬 함성이 세계만방에 아! 대한민국이 영원할진대 헛된 꿈이 아니길 기원하며 꿈이 깨어지지 않게 영원히 잠들고 싶습니다.

쿠바여! 쿠바여!

멕시코의 휴양도시인 칸쿤에서 출발한 비행기는, 그 아름다운 카리브해의 쪽빛 바다를 보는 이로 하여금 한 폭의 수채화를 연상시키게 했으며, 약 한 시간 사십여 분의 비행 끝에 동토의 공화국인 쿠바의 대초원이 펼쳐졌다.

콜럼버스가 1492년 처음 발견할 당시에는 오만의 원주민이 한 발 앞선 농업기술로 풍요롭게 살던 섬이었다고 한다.

쿠바는 1,600여개의 섬으로 이루어졌으며 연면적 110,860㎢로 동서 길이 1,300㎞, 남북 길이 70~200㎞로 한반도의 절반 수준이며, 인구는 일천백이십만 명이고 공산당 일당독재이며, 마르크스 레닌주의에 입각한 민족주의적 사회주의 노선을 취하는 카스트로는 국가원수, 각료회의 의장, 최고 군사령관, 공산당 제일서기 등 혼자서 독식하는 독재자이다. 전세계 국가 229개국 중 이제 몇 남지 않은 공산주의 국가이다.

남북이 대치되어 있는 상황이라 그런지, 아니면 6·25의 피비린내 나는 동족상잔의 비극의 악몽 때문인지는 몰라도 공산주의라면 왠지 허위와 가식과 억압의 통제, 굴레에 묶여 있는 듯한 인상이 강해지는

것은 나만의 생각은 아닐 것이다.

하늘에서 내려다본 쿠바는 드넓게 펼쳐지는 초원지대에 나는 강한 인상을 받았다. 전국토의 1/4이 산이며 나머지는 평야와 구릉지임에도 불구하고 산이 낮으며 푸르고 평화로운 듯한 대초원을 바라보며 필자가 줄곧 생각한 것은 우리 한우를 방목시켰으면 하는 대목축업 사업이었다.

연평균 25.5℃, 춥다고 하는 1월 평균기온이 22.5℃, 8월은 28.5℃로 열대성 기후이며 11월~4월은 건기, 5월부터 10월은 우기로 연평균 강우량은 1,400㎜로 식물의 종류가 다양하고 수림이 무성하여 자연식물원 그 자체의 섬이다.

어디를 돌아보아도 푸른 초원이 한 폭의 그림을 연상케 하는 곳이다. 그와는 반대로 시가지는 사회주의 특유의 냄새가 풍기는 회색빛 건물에 어딘지 모르게 음산한 분위기가 엽렵하고, 거리 또한 조용하다. 전세계 고물자동차의 총집합체인양 수십년이 지난 낡은 자동차 전시장을 방불케 하며 굴러다닌다는 게 다행스러울 정도로 낡고 지저분한 차량이 그 수도 헤아릴 수 없다.

석탄을 태워서 달리는 화물자동차가 있는가 하면, 우리나라 60~70년대 생산되었던 기아의 삼륜차가 달리는 풍경은 가히 경이로움을 자아내기도 한다. 우리 일행을 안내하는 가이드는 북조선 인민공화국 김일성 대학을 나온 페트리샤 양이었다. 아버지를 따라 이북에 가서 대학을 나왔다는 그녀는 쿠바의 유일한 한국 가이드라고 한다.

카스트로는 어디에 사는지 어떻게 살고 있는지 국민들은 아무도 모르며, 쿠바를 해방시킨 위대한 지도자이며 그 때문에 편안히 먹고 살 수 있다는 공산당 특유의 선전술에 입이 말랐다. 궁금하기도 해서 한 달 봉급이 얼마나 되느냐고 물어 봤더니, 전체 인민 모두가 직장생활을 모두 하고 있으며, 월 150불이 봉급이고 일과 후에는 다른 일거리

를 찾아 아르바이트식 돈벌이를 하고 있다고 해서 뒷맛이 씁쓰름하기
도 했다. 대낮의 거리는 한산했으며 가끔 나타나는 커다란 정자나무
밑에는 더위를 피해 쉬고 있는 사람도 종종 눈에 띄었다.

쿠바는 중심 산업이 농업이며 사탕수수가 주요 수출품으로서 설탕,
니켈, 어패류, 커피, 담배 등이 있으며 가는 곳마다 이를 증명이라도
하듯 거대한 사탕수수 농장이 즐비했다. 수입품으로는 석유 및 공산
품, 화학품, 기계 등이며 거래국으로는 러시아, 네덜란드, 캐나다, 스
페인, 프랑스, 이탈리아, 베네수엘라 등이라고 한다.

교육정책은 초등교육은 의무 교육이며, 대학까지 무료 교육이고 의
료 해택 또한 무료라고 한다. 음악은 우리가 잘 알고 있는 룸바, 볼레
로, 맘보, 차차차 등이며 매우 낭만적인 기질이 몸에 배어 있었다. 과
거 스페인 식민 통치시절에 배어 있던 습관이 제2의 천성을 보는 듯했
다.

쿠바는 그리 널리 알려진 것은 아니지만 필자의 견해로선 굴뚝 없는
최고의 부가가치를 창출할 수 있는 관광산업이 제격이라고 생각해 본
다. 섬 전체를 휴양도시로 개발하고 봉쇄되어 있는 정치체제를 개방화
해 자유주의 국가로 변화시켜 세계관광 인프라를 구축한다면 현재의
국민소득 2,161불의 열배는 충분히 가능한 부강한 나라로 만드는 데
문제는 없을 듯한 착각에 빠지는 자연 경관이기도 하다.

쿠바의 하바나를 모르는 사람은 별로 없을 것이다. 우리는 하바나
바라데로 호텔에 여장을 풀고 최고의 휴양지인 카리브해의 쪽빛 바다
와 깎아지를 듯한 해안선이 신비롭고 길게 펼쳐지는 흰 모래 백사장을
거닐면서 고독과 낭만을 함께 즐기는 여유도 가졌다.

인민은 배를 곯고 있어도 최고급 내장재 대리석에 세계 최고급 음식
들이 즐비했다. 그러나 정작 자유로워야 할 호텔에서도 사회주의 특성
인양, 입실 관광객 모두에게 한쪽 팔에 팔찌 아닌 팔찌를 채워 삼엄한

경비를 세우고 있었다. 필자가 그 이유를 물어 본즉 내방객이 아닌 다른 침입자를 구별하기 위한 방법이라고 해서 쓴웃음을 자아내기도 했다.

저녁에는 시원한 바람과 함께 흰모래 백사장이며 잔디밭을 산책할 수도 있으나, 멀리 갈 수도 없고 호텔 주변만 빙빙 돌 수밖에 없었다. 주변 곳곳에는 보안원이 보초를 서고 있으며 한 사람 한 사람, 팔찌 검사에 여념이 없는 진풍경이 벌어지기도 했다.

호텔 주변은 야자수 나무가 숲을 이루고, 청정해역의 카리브해에서 올라온 주먹보다 큰 게들이 밤나들이를 즐기고 있었는데, 처음에는 하도 빨리 달아나기에, 이렇게 깨끗한 호텔에 웬 쥐들이 많은가 했더니, 쥐가 아닌 게였다. 그 빠르기가 쥐가 달리는 속도와 맞먹었다. 필자가 사력을 다해 달려가 잡다가 게 발에 손가락을 물려 피가 나는 고통을 감수하기도 했다.

쿠바를 방문하면서 가장 인상 깊게 머릿속에 남는 것은 헤밍웨이 박물관이었다. 하바나 교외의 프란시스코 데파울로에는 〈무기여 잘 있거라〉, 〈노인과 바다〉, 〈킬리만자로의 눈〉, 〈누구를 위하여 종은 울리나〉와 그의 출세작 〈해는 또 다시 떠오른다〉로 유명한 어니스트 헤밍웨이가 왜 쿠바의 하바나에 기념관이 세워져야 했는지, 의구심 때문에 귀국 후에는 30여년이 지난 고등학교 시절에 읽었던 〈노인과 바다〉를 재 탐독하는 시간을 갖기도 했다.

그는 1878년 미국 시카고의 교외에서 의사의 아들로 태어났다. 의사인 아버지는 사냥, 낚시, 스포츠에 열성을 지닌 분이셨고, 어머니는 음악과 독서를 즐기는, 지식과 교양을 갖춘, 한국적으로 표현하자면 현모양처의 모습이다. 그러한 가정환경에서 태어난 그는 아버지의 야성과 어머니의 지성에 영향을 받아 1964년 〈노인과 바다〉로 노벨문학상을 수상하기도 했다. 실제로 그의 문학에는 본능적이고 감각적인 세

계를 묘사하는 거친 문체가 많이 등장하는데 그가 사냥, 낚시, 스포츠를 즐겼던 탓인 것 같다.

1939년 스페인 사람으로부터 구입한 현기념관은 1969년 그가 자살할 때까지 사용했던 3층 건물로서 〈무기여 잘 있거라〉, 〈노인과 바다〉를 집필한 곳이며, 원형 그대로 보존되어 있다. 〈노인과 바다〉의 실제 무대인 고이즈 마을은 하바나에서 10분 거리밖에 되지 않는다. 손님 맞이용 거실, 탁자, 아내와 사용했던 침실, 사냥도구, 낚시도구, 낚시 배, 사냥으로 포획한 동물의 박제 꽃사슴, 물소 머리와 뿔이 벽에 박제되어 걸려 있고, 9,000여권의 장서가 보존되어 있으며, 그가 기르던 수십 마리의 고양이 무덤엔 린다, 레그리다, 블랙, 네론 등 기념비가 세워져 있으며, 주변에는 애니깽나무(밧줄을 만드는 데 사용함)가 정원수를 이루고 있다.

산티에고 노인과 마노린 소년의 대화로 시작해서 배보다 2피트가 넘는 18피트 고기를 낚아 배가 고기를 끄는 것이 아닌, 고기가 배를 끌고 다니며 상어떼와의 처절한 혈전을 치루며, 상어의 골통을 깨부수며 처절하게 싸우는 모습은 한편의 영화처럼 뇌리에 그려진다. 그 처절한 싸움 끝에 승리해서 돌아 왔을 때는 살점 없는 앙상한 고기 뼈만 남은 허무는 인생, 삶 그 자체를 말해 주는 것이다.

쿠바의 헤밍웨이 기념관은 더 좋은 관광상품이 아닐 수 없다. 거기에 농업을 겸비한 목축업과 세계인을 유치하는 관광상품을 개발한다면 쿠바는 1,100만 인구의 지상낙원을 만들 수 있을 것이며, 풍부한 카리브해의 해산물과 목축업을 겸한 국가 산업 부흥은 절대로 꿈이 아닐 것이다.

근대 민주주의 표본 그리스

인천공항 리무진 버스에 몸을 실은 시간은 9시 10분이었다. 출국 수속을 마치고 독일 프랑크푸르트행 KAL기 905편 점보형 에어버스를 타고 고도 8,400m 상공에서 11시간의 긴 여행길이었다.

경기가 불황임에도 인천공항은 출국 인파로 북새통을 이루고 있었다. 대한민국이 삶의 현실이 어려워서인지 외국으로 살길을 찾아 나서는 인파인지는 몰라도 비행기 객실도 초만원이었다.

우리를 실은 KAL기는 프랑크푸르트 공항에 오후 6시 45분에 도착했다. 기내에서 2식을 하며 또 다시 세 시간을 기다린 후, 그리스 아테네행 비행기에 몸을 싣고 새벽 1시 55분에 도착했다. 집 떠나면 고생이라고 기내식을 3번 했다.

밤을 꼬박 새우고 프랑크푸르트 공항에서 다양한 독일의 맥주 맛을 보았다.

그리스는 총면적 132,000㎢, 인구 1,100만명, 종교는 그리스정교회, GNP 14,000$, 관광수입에 의존하고 있으며 20%는 농업에 종사하고 있다고 한다.

1년에 그리스를 찾는 관광객이 약 2,000만명이고 3,000개가 넘는

섬에는 썬텐욕을 즐기려는 관광객으로 인산인해를 이룬다고 한다. 잠을 설치며 아침식사로 빵과 과일로 끼니를 때우고 다음 여정을 챙겼다.

밤과 낮이 바뀌는 백야현상 때문에 모두들 밤을 새다시피 하며 충혈된 눈으로 디바니 아르코폴로 호텔을 출발하여 그리스의 유명한 철학자요 대변론자인 소크라테스 감옥소를 찾았다.

커다란 암벽을 뚫고 굴을 만들어 놓았으며 굴 입구에는 철장이 채워져 있었다. 전에는 철장이 없이 문지기가 지키고 있었으며 제자들의 면회를 항시 허용했다고 한다.

소크라테스는 조각을 하는 아버지와 산파 역할을 하는 어머니 사이에서 태어나 아버지의 일을 거들었으나 결국은 철학으로 회귀했고 50세에 결혼하여 아들을 낳았으며 친구의 딸과도 결혼했다고 한다.

소크라테스 부인이 악처라고 소문이 나 있으나 실제로는 그렇지 않았다는 설도 있다.

소크라테스 감옥소 앞에서

가족을 거느린 가장으로서 돈벌이를 전혀 하지 않음으로써 구박을 받은 것이 사실인 듯 싶다. 그는 또한 3대 기본 철학을 갖고 있었다고 한다.

1. 올바르게 산다
2. 정의롭게 산다
3. 지혜롭게 산다

그리스의 수도인 아테네는 인구 480만명, 자동차 보유대수 250만 대이며, 100년 전에 만들어진 시가지라서 주차 시설이 부족했다. 100년 전에 지어진 건물이 지금도 새 건물 같은 느낌이 드는 데는 탄복하지 않을 수 없다.

50%가 산인 그리스는 올리브나무가 주종을 이루고 있다. 연중 강우량은 500mm 밖에 되지 않는 나라이며 대리석이 풍부하여 수출은 하고 있으나 그리 크게 선전을 하지 않고 있다고 한다.

도로 주변 가로수로 귤나무가 즐비하며 주먹만한 귤이 노랗게 익어가고 있으나 귤이 아니고 탱자과에 속하는 과실로서 맛이 시고 씨가 많아 먹을 수는 없으나 보기 좋은 과일이었다.

슈퍼마켓은 오전 9시에 개점하여 오후 3시에 폐점하며 주 5일 근무제를 하고 있다.

주말에는 가족과 함께 주말여행을 즐기는 가족 중심주의 문화가 몸에 배어 있는 나라이고 여성천국인 나라 같다.

주말에 부인을 데리고 여행을 하며 맛있는 커피나 외식을 하지 않으면 다음 월요일에는 법정으로 남편을 데리고 가 이혼을 신청할 수 있는 나라라고 한다.

아침은 가볍게 빵과 커피를 마시고 점심은 2시부터 6시까지 저녁은

11시 이후에 고기를 곁들여 배불리 먹는다고 한다. 아마도 기후 탓이 아닐까 싶다.

더운 한여름에는 35°～40°까지 오르며 일년 360일 이상 해가 뜨는 고온 건조한 나라로서 나무 그늘 밑에 있으면 시원하다.

유네스코 선정 세계 보물 1호인 마르코폴리스 신전은 2,500년 전에 세워진 세계 최초 건축 공학물이다. 니케 신전(승리) 파르테논 신전은 세계 고적 1호이며 46개의 돌기둥으로 곡선을 이용하여 이리너여신 그리스 신전을 숭배한 여신상이다. 또한 히포크라테스의 고향이기도 하다.

그리스 사회보장 제도는 아기가 태어나서 3～6년 유아원 및 초중고 등학교까지 무료이며 병원 치료비도 무료이다.

병원에서 진료를 받고 처방전을 가지고 가면 약국에서 무상으로 약을 주는 의약 분업화가 완전히 이루어진 나라이다. 병원 약국 모두 국가가 예산을 쓰는 국립기관인 셈이다.

여자가 임신을 하면 3개월간 출산휴가를 주며 출산 보너스가 60% 나온다. 또한 출산 후 12개월까지는 오전 근무를 한다고 한다.

부부 모두 공히 직장을 갖고 있으며 월 평균 수입은 100만원 정도이며 세금은 20% 수준이고 정년퇴임 후 연금이 보장되어 항시 평화로운 삶을 영위하고 있다.

유럽에서 노인율이 가장 적은 나라로 손꼽히고 있으며 나들이 인파를 보면 거의 다 부부 동반으로 커피숍 또는 음식점에 가족을 동반하여 정다운 담소를 나누고 있는 장면은 참으로 보기 좋은 광경이 아닐 수 없다.

그리스는 13개 도시로 구성되어 있으며 54개 구로 나뉘어져 있고 지방장이 선출되며 임기는 4년이다. 국회의원은 300명이며 수상이 있다. 수상은 관저에서 걸어서 집무실까지 출퇴근하는 세계 유일한 국가

이기도 하다.

국가에서 800cc급 이하 소형차를 권장하고 있으며 국민들 또한 아무런 불편 없이 잘 따르고 있다.

기름 한 방울 나지 않는 우리나라 처지를 보노라면 수치심에 얼굴이 붉어진다. 우리는 돈만 있으면 최고급 에쿠스에 일단은 크고 봐야 직성이 풀리고 집과 차는 커야만 부의 상징인양 사치와 허영심에 들떠 있는 의식 수준을 생각하면 수치스러움에 당혹감을 감출 수 없다.

열심히 일하며 평화로운 나라, 과욕을 부리지 않는 검소성, 척박한 토지를 활용하여 다함께 더불어 사는 근대 민주주의 표본이 되는 나라이다.

지중해 연안을 따라 남쪽으로 한 시간 가량 내려가노라면 우측으로 잔잔한 그림 같은 검푸른 바다가 호수를 연상케 한다.

좌측으로 비춰지는 풍경은 풀 한 포기 자라지 않는 동산이 척박하고 메마른 벌거벗은 산들로 연결되며 약 30분쯤 달리면 바람의 신인 포세이돈 신전이 나온다.

이름 그대로 바람이 거세어 걸음 걷기가 힘들 정도로 억센 바다 바람이었다. 잔잔한 바다인 데도 포세이돈 신전 앞에만 바람이 부는 신의 조화에 머리가 숙여지는 그림 같은 나라이기도 하다.

태풍 속을 헤치며 첨단기업 유치를

태풍 민들레호가 북상중인 가운데 2004년 7월 4일 유럽지역 첨단 기업을 유치하기 위하여 독일 및 프랑스를 4박 6일간의 빡빡한 일정을 가지고 부푼 꿈과 설레임을 안고 13시 15분에 인천공항을 출발했다.

유치단 일행은 손학규 지사를 단장으로 의원 2명, 산업자원부 1명, 기업체 및 언론사와 공무원을 포함한 총 21명의 대규모 군단이었다.

열한 시간 반의 비행 끝에 프랑크푸르트 공항에 도착하여 여장을 정리하고 공업, 정치, 문화, 경제의 중심도시이고 의과대학, 약학대학, 로베르트슈만 음악학교, 가극학교, 예술아카데미 등이 즐비하며 라인강이 고요이 흐르는 인구 56만명이 살고 있는 뒤셀도르프에 약 두 시간 반만에 도착했다.

첫 번째 유치대상 업체는 Thyssen krupp으로 승강기, 철강 자동차 부품업체로 연간 매출액이 52조원에 종업원수 19만 명이 종사하며, 세계 70여개의 국가에 자회사를 보유하고 있는 미국과 유럽에서 강력한 시장 점유율을 확보하고 있는 다국적 기업으로서 200여년의 유구한 역사를 가진 회사였다.

티센크룹사의 가장 인상적인 것은 거대한 매출액이나 수많은 종업원보다 더 놀라운 사실은 본사와 임직원들의 근무 자세였다.

경기도의 청계산 자락과 같은 수목이 울창한 산 속에 위치하고 있으며 몇백년을 유지해온 기업의 혼이 내재하고 있는 듯했다.

각국의 수상 및 특정 인사가 자사를 방문하면 상담 및 비즈니스 업무를 처리할 수 있는 최상급 호텔식 응접실에서 최고급 음식을 접대하며 상담을 하는가 하면, 고급 간부들 역시 운전기사가 없이 본인 스스로 운전을 하고 다니는 사실에 우리는 많은 배울 점을 느꼈다.

수십만 평 되는 산 전체가 티센크룹 사무실인 셈에 놀라움을 금할 길이 없다

유치단 일행은 숨 가쁜 일정을 쫓아다니며 총 10여개 그룹을 만나 그중 8개사와 354만불의 Mou를 체결하고 국경을 넘으며 새벽 2시까지 뛰었다.

베를린에서 프랑스 파리로 갈 때는 천둥번개를 동원한 폭우로 인하

여 비행기가 뜨지 못하자 발을 동동 구르며 상담 일정을 맞추느라 애간장을 태우기도 했다.

지성이면 감천이라 했던가. 두어 시간 몸부림 끝에 파리행 비행기에 몸을 실었을 때 문득 산업부흥을 일구어 냈던 박정희 대통령의 모습이 떠올랐다.

독일 탄광에 노무자를 보내고 간호사를 보내 일자리 창출을 시킨 인력 수출과 산업부흥을 이룰 수 있는 지름길인 아우토반을 보고 착안한 것이 경부고속도로 건설이었다. 세계 최초의 고속도로인 아우토반을 달리며 떠오른 또 하나의 인물은 손학규 지사였다.

항시 인자한 모습으로 만면에 띤 엷은 미소가 손 지사의 트레이드마크처럼 차분하고 조용해 보였으나 첨단기업 유치를 위해서 숙면을 취하지도 못한 채 달리는 차 안에서 토끼잠을 자며 뛰는 모습에선 강인하고 철두철미한 행동파였다. 밤을 지새우고 조찬, 오찬, 만찬장에서 상담을 겸한 투자유치에 매진하는 모습은 링 위에서 뛰는 챔피언의 모습 그대로였다.

차분하고 신중하며 다정다감하면서도 잃지 않는 미소 속에서는 승부사의 비장한 근성을 엿볼 수 있었다. 강인하고 민첩하게 뛰면서도 조금도 지칠 줄 모르는 저력은 책임감에서 솟아나는 정신력임에 분명하다. 세계 무역수출 11위에 랭크된 대한민국 수출실황의 문제점을 손 지사께서는 익히 파악하고 있었다.

최첨단 기술이 부족한 우리의 현실에 속빈 강정처럼 부풀려진 거품을 하루 빨리 제거하고 내실 있는 수출기반을 육성함은 물론 우리의 자립기반으로 고도의 첨단 기술을 축적하려는 헌신적인 노력에 의원이기에 앞서 국민의 한 사람으로서 뜨거운 박수를 보내고 싶다.

손학규 지사는 대학 졸업을 한 고급 실업자들이 머릿속에 떠올랐을 것이다. 또한 천연자원이 없는 나라에서 국제적 경쟁력을 높일 수 있

는 길은 오로지 최첨단 기술력임을 누구보다 먼저 파악하고 있음이 분명하다. 경기도를 동북아의 물류 중심지로 만들고 세계 속의 경기도를 만들겠다던 손학규 지사 취임사의 밑그림을 이제야 볼 수 있었다.

평택항에서부터 포승, 금의, 용인, 이의동, 판교, 파주를 잇는 최첨단 산업클러스터를 잇는 그림이 완성되고 있음을 우리는 느끼고 있다.

손학규 지사는 학자로서 강단에 섰고 정치인으로 국회에 입문하여 경기도의 수장으로서 그 누구도 해낼 수 없는 말보다는 실천으로 묵묵히 해낸 탁월한 지도자임이 분명하다.

통역관 없이 줄줄이 쏟아지는 어학 실력 또한 대단하며 10년 후의 대한민국호를 마음 속에 그리며 일천만 도민을 포함한 4,700만 국민과 미래의 한국을 위해 헌신적 노력을 아끼지 않는 손학규 지사에게 끝없는 박수갈채를 보내고 싶다.

세상엔 이런 일도

　인간이 살아가는 세상사는 천차만별이고 문화와 문명의 차이는 종이 한 장 차이지만 하늘과 땅처럼 갭이 어마어마하며 한 국가 지도자의 역할이 국가와 민족의 흥망성쇠의 초석이 될 수 있다는 현실을 우리는 결코 잊어서는 안 된다.

　1천 312만 4천명의 인구중 70%가 문맹이라면 아무도 믿을 사람이 없을 것이다. 학업에 전념해야 할 어린 새싹들이 공부에는 관심이 없고 외국인을 졸졸 따라 다니며 "헬로우 기브 미 원달러"를 외치며 구걸하는 모습을 바라보노라면 아무리 이역만리 타국의 현실일지라도 찡하는 마음과 함께 티없이 맑은 눈동자는 보는 이로 하여금 눈가에 이슬이 맺히게 한다. 부모보다 더 돈을 많이 벌 수 있는 길이 학업보다는 구걸이고 먹고 사는 길이 그 길일 수밖에 없는 현실이라면 어떻게 해야 할지 암담해진다.

　국토 면적이 181.035㎢로 남한의 1.8배이며 한반도의 5분의 4를 차지하는 그리 작지 않은 국토임에도 불구하고 일인당 국민소득 300불 시대에 살고 있다 보니 우리나라 60년대 상황하고 비슷한 실정이다. 전기가 부족하여 도로변 가로등은 한쪽 방향만 켜있고, 그나마도

시골거리에는 캄캄한 암흑천지로 뒤덮여 있으며 해가 떠야만 밝아지는 나라, 그곳이 바로 세계 5대 빈민국중 하나인 캄보디아이다.

캄보디아 수도 프놈펜보다 더 널리 알려진 곳은 씨앱립이라는 관광도시이다.

씨앱립공항은 우리나라 시골 공영 정류장보다도 더 낡고 초라한 건물이 60년대 우리나라 정경과 유사하고 청사 밖에는 작은 도마뱀이 혀를 낼름거리며 먹이를 찾고 있다.

씨앱립이 전 세계인에게 알려지게 된 동기는 앙코르톰 및 앙코르왓이라는 9세기~12세기에 번창했던 도시 사원의 정교함이 과연 인간의 힘으로 이루어질 수 있을까? 하는 의구심 때문일 것이다.

씨앱립에는 이와 유사한 100여개의 사원이 존재하는데 700여년 동안 정글에 가려져 있다가 1860년 프랑스의 동식물학자인 앙리무어에 의하여 발견되었다고 한다.

그 대표적인 사원이 앙코르왓이며 세계 유네스코가 지정한 7대 불가사의중 하나로서 1000년의 세월이 지난 지금에도 돌을 다듬는 정교함에 보는 이로 하여금 혀를 내두를 일이다.

돌을 다듬는 손재주가 밀가루 반죽을 주무르는 듯한 세밀하고 정교함에 놀라게 된다.

또한 씨앱립에서 남쪽으로 15㎞ 떨어져 있는 곳에 동양 최대의 호수인 폭이 40㎞, 길이 360㎞인 톱레삽호수는 바다인지 호수인지 분간하기가 어려운 황토빛 대호수인데, 붉은 흙탕물 색깔이라 그런지 홍수를 연상케 해 두려움마저 느꼈다.

톱레삽호수 주변에는 수상가옥이 즐비하며 학교, 교회, 상점, 선박수리장, 철공소, 관공서가 있으며, 웃지 못할 일은 호수 수질 관리소가 자리잡고 있는데 수상가옥 전체가 화장실이 없어 모두 호수에서 볼 일을 보고 목욕을 하고 또 마시며 산다.

선창 주변에는 폭이 좁은 배들이 수없이 정박해 있고 버스에서 내리자마자 제일 먼저 달려오는 손님은 구걸을 하는 어린 아이들이다.

가엾기도 하고 그냥 지나칠 수 없어 주머니에서 1달러 짜리를 꺼내 나누어 주던 나는 당황하지 않을 수 없었다.

새까맣게 밀려오는 어린 고사리 손들을 보는 순간 이미 1달러 짜리는 동이 나고 달리 무슨 방법이 없어서 줄행랑을 놓지 않을 수 없었다.

가이드를 포함한 우리 일행은 주지 말라고 말렸지만 차마 눈뜨고 지나갈 수 없는 참혹한 광경이었다.

네다섯살 짜리로부터 십이삼세 되는 맑은 눈동자들의 무리가 사방을 에워싸고 있는 처절한 현장을 빠져 나갈 길은 오직 삼십육계 밖에 없었으나 하루 종일 뇌리에서 사라지지 않았다.

시뻘건 황토물이 뱃전을 부딪히는 소리도 불안과 공포를 몰고 왔다.

끝이 없는 황토빛 수평선에 정박한 유람선 밑에는 수십 척의 쪽배가 드나들고 관광객을 실어 나르고 있는 그 틈에 큰 대야를 타고 물살을 헤치며 선창에서 던져주는 1달러를 나꿰채며 곡예를 하는 듯한 어린 소녀의 모습에 나는 더욱 질겁을 할 수밖에 없었다.

들락날락하는 뱃물결에 큰 대야는 뒤집어 질동말동하며 물이 들어오면 한 손으로 퍼내고 다른 한 손으로는 물결을 가르며 구걸을 외치는 모습은 보는 이의 심장을 멎게 할 정도였다.

저러다가 뒤집어지는 날엔(?) 하는 공포감 때문에 나를 더욱 떨게 했다.

세상에 어찌 이런 일이 벌어지고 있을까?

하루 종일 밥을 굶고 캄보디아 현실을 유심히 살펴보았다. 사람들이 우글거리는 시장터 같은 데는 수많은 사람이 할 일이 없어 놀고 있다고 한다.

나무기둥을 세워 올려 지은 집은 야자나무 잎으로 지붕을 덮어 방 한 칸에서 대가족이 함께 기거하고 있다.

애들은 보통 6~7명이 옹기종기 모여 앉아 따가운 햇살을 피해 그늘에서 시름없이 쉬고 있다. 희망, 야망, 욕망도 없이 그저 마냥 평온해 보인다. 그러나 그것이 분명 평온함만은 아닐 것이다.

평균 수명이 54세이다 보니 삶의 수준이 어떠한 것인지 표현할 필요조차도 없다.

지루한 내전과 오로지 정권욕에 불타는 한 사나이!

1953년도 외국유학을 마치고 돌아온 풀폿은 공산주의에 심취한 자로서 우리에게 잘 알려진 영화 〈킬링필드〉 대학살의 주인공이다.

1975년부터 1979년까지 저질러진 만행으로 그 당시 인구 800만명이었으나 학자 지식층 및 안경을 쓴 사람까지도 300만명을 무고하게 학살했다 하니, 남자들은 거의 다 죽었다고 해도 과언이 아닐 것이다.

한 국가의 미래와 장래는 그 나라를 이끄는 지도자가 어떠한 사람인가에 따라 그 나라 앞날의 운명이 새롭게 주어진다는 사실에 소름이 오싹 돋아난다. 그 한 사람의 야욕이 캄보디아의 앞날을 암흑의 세계로 만들었음이 틀림 없다.

| 5부 |

새로운 변화와 감동의 정치

포퓰리즘을 경계하며

21세기는 다양한 문화의 공존시대로 새로운 패러다임이 요구된다. 복잡하고 다양한 정보 홍수의 늪에서 헤매고 있는 게 작금의 현실이며 홍수처럼 밀려오는 정보의 옥석을 어떻게 선택하고 관리해야 할지 망설여지기도 한다.

자본주의의 급성장과 매스미디어의 다양화로 황금만능주의가 만연해지고 있는 것 또한 현실이다. 돈이면 안 되는 것이 없고 돈 앞에선 정의, 진리, 의리, 인륜, 도덕마저도 팽개쳐 버리는 사태에 대하여 심히 우려하지 않을 수 없다.

언제부턴가 우리 사회에 '포퓰리즘'이란 단어가 새롭게 등장했다. 그것은 과거에도 있었던 일이지만 특히 국민의 정부가 들어서면서 이 단어는 생소했던 우리 사회에 많은 실망을 안겨줬다. 대중인기 영합주의 자체가 진실을 왜곡한 허위와 날조, 과대 포장으로 포장되지 않으면 그 위력은 약해질 수밖에 없다.

정계를 은퇴할 때 많은 국민들은 그가 싸워왔던 민주주의를 위해 진심에서 우러나는 순수한 찬사를 보냈다. 그때 그를 기억했던 모든 사람들은 군부독재와 항거하며 죽을 고비를 넘었던 진실하고도 위대한

민주투사의 모습을 머리 속에 고이고이 간직했을 것이다.

그러나 그가 특유의 말 바꾸기 전법을 시도해 정계복귀를 선언하고 돌아왔을 때 '아!' 했던 과거의 감동적 어휘는 '어?' 로 바뀐 채 복잡 미묘한 의구심을 불러왔다. 그렇게 당선된 DJ는 IMF 조기 졸업이라는 공적 외에는 수많은 의혹과 게이트 사건으로 사랑하는 두 아들마저 감옥에 보내고 그것도 모자라 대북 비밀송금에 의한 특검 조사를 받아야 하는 기로에 서 있다.

이러한 상황의 뒷 배경에는 DJ의 포퓰리즘이 강하게 작용하는데 그 사례를 몇 가지만 열거하면 첫째, 제2건국위원회라는 거대한 잔치판을 만들어 전국 시·도·읍·면·동에 현수막으로 도배를 하며 포퓰리즘의 실현을 시도했다. 지금 국민들은 막대한 국민의 혈세를 들인 제2건국위원회가 무슨 일은 했는지, 존재 그 자체를 까마득히 잊고 있다는 사실이다.

둘째, 항생제 오·남용 방지라는 캐치프레이즈를 걸고 대대적인 홍보를 실시한 후 밀어붙이기 식으로 실시한 의약 분업은 의료보험공단 재정을 순식간에 거덜내고도 밑빠진 독에 물붓기식 정책을 강행, 오히려 고가 항생제를 더 사용하게 함은 물론 환자들의 극심한 불편까지 초래하기도 했다.

셋째, 건국 이래 온 국민의 여망이던 노벨상을 만들기에 프로젝트를 세우고 농구게임에서나 들을 수 있는 맨투맨 작전을 적용했다는 치밀성에 대해선 수치심에 고개를 떨구고 싶다(자료 : 『월간조선』 3월호 '하늘이 무섭지 않은가' 76쪽).

넷째, 대북 비밀송금 4천억 달러 사건은 국민의 혈세로 국민을 우롱한 최대 희대극이다. 절대로 아니라고 오리발을 내밀더니 급기야 특별검사에 의해 조사를 받고 있다.

이처럼 국민의 정부인 DJ정권 하에서 우리 사회는 포퓰리즘의 전성

기가 이뤄져 아무 곳에서나 자생하게 된 것 또한 부인할 수 없는 현실이다. 진실과 정직이 결여된 포퓰리즘은 결코 성공할 수도 없거니와 오래 가지도 못한다는 사실을 우리는 새삼 깨달아야 한다.

이 같은 현상을 중앙정치 뿐만 아니라 광역의회에서도 손쉽게 접할 수 있어 안타깝다. 어떤 때 도정질의를 듣고 있노라면 충분한 연구 분석도 하지 않은 채 알맹이도 없는 속빈강정 같은 얘기를 재탕 삼탕 우려먹으며 지역주민을 박수부대로 동원하기도 한다. 참으로 부끄럽고 한심스러운 처사가 아닐 수 없다.

무엇보다 진실성과 정직성이 결여된 정치인은 국민 앞에 부끄러워할 줄 알아야 한다. 진실로 주민을 위하는, 위민(爲民) 정치는 말보다는 행동으로 보여줘야 하지 않을까?

폴러첸이 주는 교훈

노르베르트 폴러첸.

우리에겐 너무나 생소하고 들어 본적이 거의 없는 이름이라고 생각이 된다.

필자는 우연한 기회에 두 번씩이나 만났으며, 모 신문 지면에서 얼핏 보았던 북한 당국으로부터 추방당했던 인물임을 알고, 베일 속에 가려진 동토의 공화국 김정일의 잔악성을 알고자 『월간조선』 4월호 별책부록 '김정일 제거는 과연 가능한가?' 라는 좌담회를 읽던 중 지면에서 두 번, 직접 상면해서 두 번의 강한 인상 때문에, 대한민국 국민의 한 사람으로서 수치심과 죄책감을 느끼며 떨리는 마음으로 펜을 잡아 본다.

폴러첸은 독일의 서부 노르트라인 베스트 팔렌즈의 수도 뒤셀도르프에서 1958년 2월 10일 노동자의 아들로 태어났다.

1977년 군의병으로 함부르크 군의병 근무를 마치고, 뒤셀도르프 의과대학 응급 의학과를 졸업한 수재이며, 또한 응급의학과 의사이다.

뒤셀도르프는 인구 55만 8,500명(99년 통계)이 살고 있는, 공업, 정치, 경제, 문화의 중심 도시이고 의과대학, 약학대학, 로베르트슈만

음악학교, 가극학교, 예술 아카데미 등이 즐비하며, 라인강이 흐르고 있는 자연경관이 수려한 도시이다.

2004년 8월에 장맛비를 맞으며 손학규 지사와 첨단기업 유치를 위해 뒤셀도르프의 티센쿠룹을 찾아 밤을 지새웠던 기억이 생생하기에 감회가 새롭다.

폴러첸은 48세의 젊은 의사로서, 독일 NGO단체인 노어베즈트 긴급 의사회 회원으로서, 북한 주민들의 의료봉사 활동차 1999년 7월에 입국하여 의료 봉사를 하던 중, 용해된 철에 심한 화상을 입은 노동자에게 동료와 함께 살을 도려내, 피부이식을 시켜 주어 북한 언론의 갈채를 받았다. 그로 인해 우정의 메달과 함께 VIP 여권, 운전 면허증을 발급 받게 되어 외국인과 접근이 금지된 구역을 자유로이 활보할 수 있는 그만의 특권을 갖게 되었다.

그는 이때 농촌 지역은 물론 고아원, 노동자 수용소를 찾아다니며 북한의 이중적이고 가려진 실상을 낱낱이 보아 오던 중, 길가에 버려진 군인의 시체를 우연히 발견하게 된다.

응급 의사의 예리한 관찰력은 고문과 구타에 의해 타살된 시체임을 확인하고, 이때부터 인간으로서의 기본적인 인권 유린은 물론, 굶주림에 허덕이는 동토의 공화국 인민들이, 세계 각국에서 지원되는 구호물자가 500만 군인과 그 가족, 그리고 고위 당원들에게 우선 지급되고, 인민들에겐 골고루 지원되지 않는 점을 깨닫고, 이를 비판하다 2,000년 12월 30일 북한으로부터 추방당하게 된다.

그는 여기서 세계 제2차대전 당시 폴란드의 아우슈비츠 형무소에서 무참하게 독가스로 학살하여 화장시킨 600만명의 유태인 시체를 떠올렸을 것이다.

한 인간의 대를 잇는 광적인 정권욕에 무고한 백성이 처참하게 죽은 시신에서 그는 의사로서 히포크라테스 선서를 다시금 외우지 않을 수

없었을 것이다.

이제 의업에 종사할 허락을 받으며 ……(중략)…… 나는 양심과 위엄으로서 의술을 베풀겠노라. 나는 인종, 종교, 국적, 정당정파, 또는 사회적 지위 여하를 초월하여 환자에 대한 나의 의무를 지킬 것이다.

'나는 비록 위험을 당할지라도 나의 의식을 인도에 어긋나게 쓰지 않겠노라'라는 직업의식이 뇌리에 스쳤을 것이다. 이때부터 의사의 본분에서 또 다른 인권 운동가로 변신한 폴러첸은 분단된 한반도의 모습이 자신의 조국과 유사 동일한 점을 발견하지 않았을까 싶다.

한 농부의 아들로 태어나 대학 공부하기가 힘든 독일에서 의과대학을 졸업한 그가 무엇이 부족해서 이역만리 타국 땅에서 우리 민족마저도 제대로 힘 쓰기는커녕 서로가 함구하려 하는 북한의 인권 문제에 사활을 걸고 있는 것일까를 생각하면 대한민국의 국민으로서 고개가 숙여진다.

햇볕 정책이라는 미명 아래 40억불이라는 큰 돈을 지원했음에도 불구하고 돈의 쓰임새 정체가 불분명하고, 그 정책을 승계받은 참여정부마저도 북한 인권 문제라면 꼬리를 내리는 안타까운 현실에 온 국민들은 망연자실하고 있다.

북한의 정보를 다루는 국정원의 대변자임을 스스로 자임하며 온몸을 던지는 그의 앞에 다가서면 죄스러움에 가슴이 저려진다.

이 땅에 사는 대한민국 국민이여, 내 조국 우리의 동포가 대를 잇는 폭정에, 내 부모 내형제가 피골이 상접한 채로 고문과 구타에 죽어가는 현실을 우리는 어떻게 해석해야 할 것인지 폴러첸을 다시금 생각해본다.

잊혀지는 4·19

올해로 4·19혁명이 근 반세기로 접어들며 서서히 빛이 바래져 가고 있다.

흔히들 4월의 혁명, 4·19의거, 4·19학생 혁명, 4·19민주 혁명이라고 불리어졌으나 문민정부가 들어서면서 혁명으로 확정되었다.

혁명을 초래하게 된 근본 원인은 종신 집권을 노린 이승만 대통령의 지나친 정권욕과 독재성 및 그를 추종하는 아부 세력의 부패 정치와 나 밖에 없다는 오만과 카리스마적 권위의식으로부터 발생되었음이 자명한 사실이다.

12년간의 장기집권을 위하여 헌법을 스스로 개헌하였으며 종신집권을 위하여 정치파동 및 정치적 비리를 자행함으로써 국민의 지지를 서서히 상실케 했다.

6·25동란이 발발하자 서울 사수를 공헌하고도 자신과 정부는 수도 서울과 국민을 버리고 피난함으로써 국민을 배신했고 국민의 신망은 더욱 추락하였다.

1954년 11월에 발생한 헌정 사상 유래가 없었던 사사오입 개헌은 재적의원 203명중 2/3인 136표 이상이 나와야 했으나 투표 결과 135

표로 부결된 사항을 뒤집어 반올림시켜 136표로 가결시킨 사사오입 개헌도 무자비하게 밀고 나감으로써 국민의 주권을 유린함은 물론 반헌법적 반민주적 행동으로 국민을 실망케 하였다.

1956년 5월 15일 실시될 정부통령 선거에서 민주당의 대통령 후보인 신익희 후보의 급서로 정권 교체의 꿈은 좌절되고 말았지만 부통령 후보인 장면이 당선됨으로써 야당이 지지하는 국민여론에 자유당은 혼비백산했을 것이다.

1960년 5월중에 치러질 정부통령 선거에서 국민의 지지가 외면당했음을 알고 민주당 대통령 후보인 조병옥 박사가 신병 치료차 도미하자 그 틈을 타 3월 15일 관권을 동원한 부정선거로 국민의 주권을 또 한 번 유린하는 반인륜적 행위를 서슴지 않았으며 그 결정적인 도화선은 1960년 2월 28일 대구유세현장에 일요일에도 불구하고 당국의 지시로 초중고생을 등교시켜 선거 방해를 시키는 데서부터 발단이 되었다.

소박하고 순진무구하며 청순했던 학생들은 자신들을 정치도구로 활용하는 정치꾼들 작태에 단순히 항거했을 뿐이다.

학생을 정치에 이용하지 마라.
구속 학생 석방하라.
학생은 민주주의 수호를 위해 뭉치자.

이런 것은 정의감에 입각한 학생들의 애국적인 절규였을 것이다.
시위 진압을 위한 무참한 폭력으로 인하여 마산상고생 김주열이 눈에 최루탄이 박힌 채 무참하게 살해된 시체가 바다에서 발견되자 이에 분노한 시민도 합세하여 시위는 걷잡을 수 없이 전국적인 현상이 되고 말았으며, 4월 18일에는 고려대생 3,000여명이 의사당 앞에서 연좌

데모를 한 후 귀가 도중 정치 폭력배의 습격을 받아 1명이 죽는 불상사가 터지고 말았고 청년학도만이 진정한 민주역사 창조의 역군이 될 수 있음을 명심하고 총궐기하자는 선언문이 채택되어 4월 19일 서울 시내 각 대학에서 중앙청을 향해 행진하였다.

정의로운 학생들은 조국의 민주를 위해 젊음을 불태웠으며 사망자 약 100명, 부상자 450명에 달하는 엄청난 희생을 가져온 민주 투쟁이었다.

이날의 구호는,

3 · 15부정 선거 다시 하라.
일인 독재 물러가라.
이 대통령은 하야하라.

무정부 상태에 빠진 상황에서 서울의 각 대학교수 259명의 시국 선언으로 일단락이 맺어졌으며, 이기붕 일가의 자살과 이 대통령 하야와 함께 하와이로 극비리에 떠나야 했던 정의로운 의거였다.

십년이면 강산도 변한다는 속담처럼 근 반세기에 접어든 4 · 19혁명이 한국의 민주화 및 근대화의 초석이 되었음은 물론이다.

조국의 앞날에 초개같이 목숨을 바친 정의로운 학생들의 피의 대가였음 또한 분명하다.

오늘을 사는 우리의 현실에 헌재의 위헌 판결에도 불구하고 정권 야욕에 불타는 정치꾼들의 작태를 보는 학생들의 시각은 어떠할지 궁금해지는 날이기도 하다.

한심스러움의 극치

인간의 생명은 존귀한 것이다.

만물의 영장인 인간 객체가 모여 가정, 사회, 국가를 이룩해 나가는 것이 인간, 즉 사람인 것에는 틀림이 없다.

지난 6월 중부전선 GP에서 발생한 총기난사 사건은 군의 명예 실추는 물론 집권 정부의 현실을 여실히 보여준 사건이었다.

8명의 꽃다운 청춘의 고귀한 생명이 사망하고 부상자도 속출한 상황에 유가족에게 차마 말로 표현하기 힘든 위로와 고인의 명복을 기원드린다.

이런 상황하에서 어떠한 말로 위로를 한들 꽃다운 자식을 잃은 부모님 가슴에 맺힌 한은 지워지지 않고 여생을 살아갈 그분들에게는 대한민국이라는 조국마저도 원망스러울 것이다.

어느 나라인들 군인이 없고 국방의무가 없을손가마는 우리는 외세의 적보다도 더 심각한 문제가 동족끼리 남과 북에서 총부리를 맞대고 대처하고 있다는 안타까운 현실이다.

이러한 상황 속에 군에 간 자식들 걱정에 잠 못 이룰 부모가 어디 한둘이랴.

그러한 부모의 심정을 조금이라도 헤아려 줄 정부라면 6월 30일 국회 본회의에서 국방장관 해임결의안은 통과시켜야 함에도 불구하고 통치권자인 대통령의 갈팡질팡하는 인사 정책인지 아니면 오기의 발로인지 알 수 없는 태도와 레임덕을 타개하기 위한 술수인지는 몰라도 야당 대표들을 청와대로 불러들여 점심 한 끼에 소신이 무너지는 정치라면 국민의 대변자라는 정치꾼들을 우리는 믿을 수가 없다.

당선되었으니 내 맘대로 식인지, 아니라면 그 뒤에 숨겨진 빅딜이 있는 것인지, 이 무책임한 행동에 사천칠백만 국민은 정치인다운 정치인조차도 정치꾼으로 존경보다는 경멸과 질타의 대상으로 보는 현실을 살펴보기 바란다.

우리는 어렵사리 산업부흥을 일구어 내었으며 그 결과 세계무역 수출 11위에 랭크되어 있는 수출대국임에는 분명하다.

중진국에서 선진국 대열에 들어설 관문에 처해 있음에도 불구하고 현실의 정치는 3류 정치 밖에 못된다는 안타까운 현실에 국민의 한 사람으로서 분노를 금할 수 없다.

정치 경제 외교 안보 국방 교육 어느 한 곳 제대로 되어가는 것이 없는 답답하고 우울하고 짜증스러운 장마철 날씨처럼 오늘의 우리의 정치의 현실을 대변하고 있다.

미국을 비롯한 유럽의 선진국들은 인간을 참으로 중시한다.

유명한 정치가, 철학가, 종교가, 발명가 등 민족과 인류에 공헌한 위대한 사람들의 동상이 즐비하는가 하면 그것도 모자라 공항이라든지 거리 이름은 물론 터널마저도 '링컨터널' 이니 공원도 '빅토리아 공원' 하며 인물을 존중하는데 우리나라는 위대한 성인들의 동상이 손에 꼽을 만큼이나 적고 그나마 있는 동상마저도 흠집을 내어 끌어 내리는 판국이다.

어디 그 뿐인가?

미국인들은 55년이 흐른 6 · 25참전 용사들의 유해마저도 찾아다니며 발굴의 의지를 보이는 데도 우리는 살아있는 국군포로, 납북어민, 납북자 문제도 속수무책인 상태로 해결의 실마리는 보이지 않고 있다.

그러함에도 불구하고 오늘은 비료 20만톤 내일은 쌀 40만톤의 요구 조건에 맥없이 당하고만 있는 현실은 어떻게 해석을 해야 할지 통탄스럽기도 하다.

피워 보지도 못한 꽃봉오리의 희생에 대한 최소한의 도덕적 책임은 본인의 자의에 의한 사표제출에도 불구하고 현 정부는 '국방개혁'을 운운하며 그를 보호하기에 급급했다.

무슨 국방정책이 특정 인물 한 사람에 의해 좌지우지 되는지도 궁금할 뿐더러 잘 지키고 보전하는 자는 끌어 내리고 지난 총선에서 국민의 심판을 받아 낙마한 인사를 줄줄이 대거 등용시키고 있다.

정부는 이런 인사정책이 올바른 인사정책인지 국민들은 의아해 하고 있는 현실을 다시 한 번 생각해 보기 바란다.

'23 : 0' 이라는 4 · 30재보궐선거의 결과는 준엄한 국민의 심판이라는 것을 다시금 생각하고 더 이상 우를 범하지 말 것을 거듭거듭 당부하고 싶다.

아! 하늘이시여

오늘 아침은 유난히도 밝은 햇살이 동녘 하늘을 물들이며 힘차게 떠오르고 있습니다.

길옆 가로수 은행잎은 샛노랗게 물들어 부드러움과 포근함이 함께 느껴집니다.

싱그럽고 푸르름을 한껏 뽐내던 단풍잎이 온 국민이 토한 피를 온통 뒤집어 쓴 양 새빨갛게 물들어 있는 아침입니다.

바람 한 점 없이 맑은 날이 될 것인양 숨 가쁘게 퍼지는 입김 속에 영롱한 코스모스 몇 포기가 시들해지는 풀잎 속에서 청자한 소녀처럼 자태를 단아하게 단장하고 있습니다.

삼천리 반도 금수강산 나의 조국 대한민국에서 흔히 볼 수 있는 가을 정취를 느끼며 연이어 피워대는 담배연기에 도취되어 정신마저 몽롱해집니다.

우리 조국의 수난사를 다시 한 번 돌이켜 보고 싶지 않아 또 한 대의 담배를 물어 봅니다.

좁은 땅덩어리지만 아름다운 나라, 끊임없는 외세의 침입에도 불구하고 조국 선열들의 피 흘린 대가로 오늘을 이어온 나라, 동족상잔의

비극으로 온 국토가 초토화 되어 쑥대밭만도 못했던 국토를 온 국민이
피와 땀으로 일구어 한강의 기적을 일구어냈던 국민성, 근면성, 절약
성 그것은 우리 민족의 위대한 저력이었습니다.

아시아의 떠오르는 용이요, 동방의 등불이요, 세계 속의 한국이라고
하며 귀에 못이 박힐 정도로 떠들고 들었던 말들이 요즈음은 사라진
지 오래고 내일을 예측할 수 없는 불안감 속에 위기의식이 절정을 이
루는 현실을 보면 한숨이 절로 나옵니다.

TV 뉴스나 신문 보기가 두려워지고 모르는 게 약이요, 아는 게 병인
시대가 도래되는 것같아 가슴에 심한 통증을 느낍니다.

똥 묻은 개가 겨 묻은 개를 더럽다고 물고 늘어지는 난장판을 보는
국민의 시각엔 온 천지가 도둑놈뿐인 세상 같아 서글퍼집니다.

정치바닥에 발을 들여 놓은 사람 입장에선 모닥불을 뒤집어 쓴 양
얼굴이 화끈화끈 달아오릅니다.

전직 대통령이 숨겨 둔 비자금 100억원이 사채시장에서 미꾸라지
새끼 빠지듯이 요리조리 숨어 다닌다던지, 대통령 부인이 APT 투기
혐의에 오리발이라든지, 국민을 위해 헌신하고 기울어져 가는 나라를
바로잡겠다고 장담하던 그 위장술은 백일하에 드러날 것입니다.

현직 국회의원이란 자가 미군 영내 빠징꼬 장에서 블랙잭을 즐기는
나라는 세계 어느 나라에서나 존재할까요?

누구보다도 할 일이 가장 많은 사람이 정치인이라고 생각합니다.

밤을 새워 일해도 다하지 못할 일이 정치이고 누구보다도 깨끗해야
할 사람 또한 정치인이며 게으른 사람이 해서는 안 될 일이 또한 정치
입니다.

국민의 선망의 대상이요, 서민의 대변자가 할 일은 태산만 같은 이
대한민국에 그렇게도 할 일이 없다면 더 이상 정치바닥을 맴돌아서는
안 될 것입니다.

교섭단체를 만들어 주기 위해 인품을 물품화 시키며 망각했던 송어론을 다시 떠올리며 잊으려고 담배를 입에 뭅니다.

아! 하늘이시여, 이 땅의 7000만 동포의 애절한 눈동자를 굽어 살펴봐 주소서!

원망과 기대와 한탄과 절망이 범벅이 된 이 국민을 위해 탁월한 지도력을 갖춘 위대한 지도자를 이 땅에 내려주시고, 또한 이 국민들의 의식 있는 안목도 함께 내려주셔서 꺼져가는 등불에 기름을 부어 희망의 KOREA 미래가 보장되는 꿈이 있는 대한민국을 만들기 위해 온 국민이 서로서로 힘을 합쳐 다시 한 번 한강의 기적을 일구어 아시아의 떠오르는 용을 만들고 세계만방에 나의 조국 대한민국을 합창하게 하소서.

4 · 30 재보선의 의미

　17대 총선이 끝난 지 1여년만에 국회의원 6명, 시장 군수 7명, 지방의원 10명의 재보궐선거가 4월 30일 막을 내렸다.

　선거기간 중 여론조사는 한치 앞을 내다볼 수 없는 박빙의 접전 상태가 계속 되면서 각 당은 혼신의 힘으로 후보자들보다는 정당의 싸움판이었다.

　TV에 자주 등장했던 낯익은 얼굴들이 오늘은 여기, 내일은 저기를 뛰며 발 빠른 행보를 보이는가 하면, 그것도 모자라서 떼를 지어 총출동한 정당 선거였다.

　선거 종반을 치닫고 있을 때 알고 지내던 기자가 필자에게 이번 선거를 어떻게 보느냐는 질문에 이미 결정이 나있다 라고 의미심장하게 얘기하자 묘한 표정을 지으며 그게 가능할까? 라며 어리둥절해 했다.

　선거는 참으로 복잡 미묘할 뿐더러 난해하기도 하다.

　수십만의 유권자의 마음을 어떻게 짧은 시간에 많이 알리느냐. 공약이 유권자의 심중을 강하게 울려줄 수 있는 메시지는 무엇인가. 후보자로서의 상품성은 양호한가. 지역발전을 위해 봉사한 적은 있는가. 인지도는 어느 정도인가 등 많은 문제들을 짧은 기간에 확실히 풀어

줄 수 있는 사람이 당선 가능한 사람임에 틀림이 없고 특히 보궐선거에서는 더욱 필수적일 수밖에 없다.

참여 정부가 탄생한 지도 3년의 세월에 접어들고 있다

국민들은 많은 기대 속에 노무현 정권을 인정해 주고 당선은 시켰으나 한 나라의 지도자로서 식상함에 민심이 이반되는 상황은 곳곳에서 나타나고 있었다.

한 나라의 대통령 인기가 20~30% 대로 최하의 바닥을 치고 있을 때도 국민을 향한 겸허한 자세는 엿볼 수 없었다.

화합과 대통합의 국민역량을 발휘해야 함에도 불구하고 분열과 갈등이 조장되었으며 민생경제는 대통령의 인기처럼 바닥에서 맴돌고 있으나 그 실정을 아는지 모르는지 외유중에 한국경제가 좋아졌다고 말해 서민들을 어리둥절케 했다.

경제, 외교, 안보, 교육, 통일 문제 등 국가적으로 풀어야 할 일들은 태산만 같고 최우선적으로 시급한 문제는 민생경제 문제임에도 불구하고 포퓰리즘적 정치행각에만 여념이 없다. 청년 실업자가 칠팔십만 명이요, 신용불량자가 400만에 달하고, 가계 부채가 가구당 3,000만 원에 육박한 현실을 해결할 구체적인 대책과 대안이 필요함에도 언론과의 갈등의 연속선상에서 헌재의 위헌 판결에도 불구하고 독선적인 행동으로 행정 중심 종합도시 개발이라는 미명 아래 또 다시 갈등과 국론 분열을 조장하고 있다.

이제 국민들은 정치를 불신하고 정치꾼들을 혐오하고 있다. 먹고 사는 민생 문제엔 뒷전인 정치꾼들에게 등을 돌리고 있으며 열린우리당이든 한나라당이든 각 정당에 불신의 신호를 보내고 있다

국민소득 2만불 시대를 향한다는 거창한 캐치프레이즈보다는 1만불 시대를 살아가는 오늘의 현실에서 한 발 한 발 차분히, 그리고 말로만 떠드는 공허한 메아리보다는 몸소 실천하며 행동으로 보여주는 소

신 있는 실용적인 정치를 원하고 있다. 한나라당 또한 이겼다고 자만하지 말고 민심은 천심이라는 교훈을 새삼 가슴 깊이 새겨야 할 기회라고 생각한다.

무엇이 문제인지 국민의 입장에서 자세를 한결 낮추고 새로운 정책 개발에 혼신을 불태우지 않으면 어려운 내부 갈등에 봉착할 수밖에 없을 것이다.

민의에 귀기울이고 끊임없이 노력하는 정책정당과 이 나라를 부강한 선진국으로 만들고 국민의 안위를 위하는 정당을 국민들은 원하고 있다.

이번 선거에서 보여준 민심은 천심이라는 점을 정치인들은 재삼 깊이 인식할 수 있는 절호의 기회이기 때문에 의미 또한 대단하다고 본다.

특별법 결단코 반대한다

행정도시건설 특별법을 결단코 반대한다.

대한민국헌법 제1조 1항, 대한민국은 민주공화국이다.

제2항 대한민국의 주권은 국민에게 있고 모든 권력은 국민으로부터 나온다.

제3조 대한민국의 영토는 한반도와 그 부속 영토로 한다 라고 되어 있다.

참여정부가 출범한 지도 3년의 세월에 접어들었건만 하루도 조용한 날이 없고 개혁 이라는 미명 아래 새로운 이슈로 국민들은 갈등과 분열에 지쳐 희망과 미래에 대한 꿈을 잃어가고 있는 현실이다.

2005년 3월 12일은 대통령 탄핵 심판 1주년이 되는 날이다. 우리 역사상 대통령이 헌법재판소에서 탄핵심판을 받은 예는 없었기에 온 국민은 귀기울이며 조용히 따랐던 순한 양과도 같은 백의의 민족 그 자체였다.

급기야 또 터진 문제는 천도론이다.

대한민국을 대표하는 600여년의 역사와 전통을 자랑하는 수도 서울을 충남 연기 공주로 이전한다는 신행정수도 이전 문제에 또 다시 헌

법재판소의 위헌판결을 받았을 때도 온 국민은 말없이 존중을 했지만 참여정부는 헌법재판소의 존폐 여부에 대한 불만을 토로하는 웃지 못할 진풍경이 빚어지기도 했다.

흑과 백의 진리는 영원한 것이다.

검은 것을 희다고 하고, 흰 것을 검다고 한다면 장님이 아닌 바에야 믿을 사람이 누가 있을는지 생각해 볼 일이기도 하다. 국토 균형발전을 반대할 대한민국 국민은 한 사람도 없을 것이다.

지난 3월 2일 국회에서 법사위를 통과하지 않고 의장권한 대행에 의하여 겉포장만 바꿔 통과시킨 행정 도시건설 특별법은 포장만 바뀌었을 뿐 내용물은 그대로인 점에 대하여 온 국민은 분노하고 있다.

이를 처리한 여당도 야당도 그 후속 폭풍에 몸둘 바를 모르고 있는 현실은 코미디극을 보며 즐기는 관객의 입장이 국민들이라는 점을 명시하기 바란다.

대한민국 헌법 제3조가 떠오른다.

한반도와 그 부속 영토 중 소중하지 않은 곳이 어디 한 군데라도 있는가?

꼭 충청도로 옮겨야 국운이 살고 칠천만 동포가 전세계에서 초유의 일류국가로 탈바꿈할 수 있는 확실한 근거와 최고의 땅이라면 온 국민들은 쌍수 들고 환영할 것이다.

약 340만의 충청표가 대권을 잡는데 중추적인 역할을 할 것이라는 막연한 과대망상 때문이라면 용서할 수 없는 일이다.

서울을 포함한 수도권 인구가 2,100만에 육박하고 있는 현실에 18개 중앙부처중 총리실을 포함한 12개 4처 2청은 충남 연기 공주로 이전한다면 반통일적, 반역사적, 반국민적 작태가 노출될 것이다.

그로 발생되는 수도권 공동화에 대한 대책 없는 권력 지향적 정책이라면 온 국민은 힘으로 저지해야 한다. 말로만 외치는 상생의 정치란 공허한 메아리에 불과하다.

성남시에는 1992년에 개발된 신도시 분당에 토지공사, 주택공사, 도로공사, 한국가스공사 한전기공, 한국식품개발연구원, 정신문화연구원 등 7개 중요 공공기관이 자리잡은 지 10여년도 안 되는 상황이고 이제 터전을 잡고 웅비의 나래를 펼치는 이 중차대한 순간에 송두

정부의 공공기관 이전에 반대하는 경기도의회 의원들이 도청에서 시위를 벌이고 있는 모습

리째 뽑아내려는 흉악무도한 처사에 일백만 시민은 분노에 치를 떨고 있다.

경기도 27시 4군중 유일하게 재정자립도 90%를 이룩한 자립도시를 하루아침에 타락시키는 원흉이기도 하다.

이로 말미암아 이주민이 17,000여명, 세수 감소가 330억 이상이 발생할 때 파장되는 경제적 공동화 현상은 두배 이상 될 것이 분명하다.

역사는 하루아침에 이루어지는 것이 아니다. 피와 땀과 눈물의 결정체가 모여서 위대한 역사를 이루듯이 지역적 특성에 맞는 국토 균형발전을 이룩한다면 먼 훗날 후세에 영원히 기록될 것이나 그렇지 않고 순리를 역행하는 처사는 결단코 용서받지 못할 것이다.

우리의 현실은 행정수도 이전보다 더 시급한 문제가 곳곳에 산더미처럼 쌓여 있다.

경제부흥, 일자리 창출, 국민대화합, 조국통일 등 어느 한 가지 소홀히 다루어서는 안 될 시급을 요하는 사항들은 뒷전이고 정략적 당리를 추구하는 작금의 사태에, 일백만 성남 시민 여러분, 그리고 일천만 경기 도민 여러분, 우리 모두 힘을 합쳐 단결하고 화합하여 반민족적 정책에 혼신의 힘을 다해 투쟁에 동참하여 잘못되는 역사의 전환점에 성남시민과 경기도민의 위대한 저력을 보여 주시길 바랍니다.

5분 자유발언

평소 존경하는 김순덕 의장님!

일천만 도민의 삶의 질 개선을 위하여 노심초사하시는 선배 동료의원 여러분!

특히 남다른 열정을 가지시고 이 정부마저도 수수방관하는 어려운 경제난국을 극복하기 위하여 불철주야로 도정 행정은 물론, 외자유치로 인한 일자리 창출과 산업 부흥에 여념이 없으신 손학규 지사와 경기교육 발전을 위해 노고가 많으신 윤옥기 교육감을 비롯한 관계 공무원 여러분!

열악한 환경 속에서도, 정도언론 문화 창달에 분골쇄신하는 언론사 관계자 여러분과 방청객 여러분!

그리고 항상 올바른 의정활동을 위하여, 조언 및 고견과 후원을 아끼지 않으시는 성남시민 여러분께 이 자리를 빌어서 진심으로 감사의 인사를 올립니다.

저는 청계산의 올바른 기백과 남한산의 정기가 솟구치는 성남 수정구 출신 한나라당 소속 임정복 의원입니다.

성남시는 올해로 시 승격 31주년이 되는 성년의 연혁으로서 수정

구, 중원구, 분당구를 포함한 인구 96만명이며 올해부터 착공되는 판교 신도시 개발에 따른 거대도시로 발돋움하고 있습니다.

특히 손학규 지사께서 경기도를 동북아의 허브로써 산업부흥을 일으키고자 파주 LG 필립스 LCD 유치, 평택 포승단지내 세계 최고의 TFTLCD를 일본으로부터 3억 4천 600만 달러를 유치한 사실은 일천만 도민은 물론 4,700만 전국민과 함께 뜨거운 격려의 박수를 보내고 싶습니다.

존경하는 손학규 지사!

풍요로운 일천만 도민의 삶의 질 개선에는 도민의 인명과 재산손실의 절대적 보호가 없으면 안 될 것입니다.

이 문제를 소홀히 다룬다면 '밑 빠진 독에 물 붓기식'으로 더욱 치유하기 어려워진다는 엄연한 진리를 항시 잊어서는 안 된다고 생각합니다.

사실 지사께서 경기도 31개 시·군의 도민에 대한 인명과 재산보호를 위해서 노고가 많으신 것 또한 잘 알고 있습니다. 그것은 본 의원이 소속한 자치행정위원회 소관 소방재난본부 관할소방서 및 소방파출소 신축에 대한 예산집행과 인력보강을 보면 세밀하게 나타나 있습니다.

현재 소방서 신축은 2,000평 이상, 소방파출소 신축은 500평 이상으로 하여 신축되고 있으며 1980년도 이전에 지은 낡은 소방서는 전부 새로 지었음에도 불구하고 유독 성남 구 시가지인 수정, 중원구에 위치하여 56만명이 넘는 인구를 관할하는 성남소방서만은 제외된 사실에 실로 개탄을 하지 않을 수 없습니다.

성남소방서는 1979년도 인구 34만명 때 지은 25년이 지난 낡고 노후된 건물일 뿐 아니라, 신축되는 소방파출소만도 못한 533평에 불과한 열악한 시설입니다.

그럼에도 불구하고, 청사유지 보수비가 2000년도 1천 588만원,

2001년도 1억 9,811만원, 2003년도 1억 5,894만원 등으로 총 4억 969만원이나 지출되었습니다.

이것은 선량한 도민의 혈세가 낭비되었다는 사실에 도민을 대표하는 한 사람으로서 실로 부끄러움을 금할 길이 없습니다.

존경하는 의장님! 그리고 선배 동료 의원 여러분!

이것은 본 의원의 지역구 문제에 앞서 경기도 의회와 경기도 소방재난본부의 문제라고 사료됩니다. 본 의원은 2002년 행정사무감사시, 문제제기를 했음에도 불구하고 2년여 세월이 지난 오늘날까지도 이렇다 할 변화가 없다는 점에 대해서는 다시 한 번 중대한 결심을 하지 않을 수 없습니다.

예산은 형평성이 있어야 하며 또한 합목적성 합법적성 합리성이 따라야 하며 전권은 반드시 후권에 우선되어야 한다는 사실을 재삼 강조하는 바입니다.

존경하는 손학규 지사!

다시 한 번 강조하고 싶은 것은 열악한 시설의 성남소방서가 계속 이 상태로 방치된다면 소중한 도민의 혈세가 지속적으로 낭비되는 것으로 더 이상 묵과할 수 없다는 것입니다.

'풍요로운 삶은 안정과 번영 속에 지속될 수 있다'는 사실을 염두해 두시고 25년이 지난 소방파출소만도 못한 성남소방서를 무엇보다도 우선순위로 선결하여 주실 것을 거듭거듭 부탁드리며 5분 자유발언을 모두 마치겠습니다.

끝까지 경청해 주신 여러분께 감사드립니다.

새로운 변화와 감동의 정치를 하고 싶다

성남일보 권석중 기자

〈특별기획-릴레이 인터뷰〉

임정복 씨를 만난 것은 지난 12일 오후 4시, 중앙파출소 뒤 '경기도 의원 사무소'라고 간판이 붙어있는 그의 사무실에서였다.

인터뷰 녹음을 재생해 옮기면서, 그는 말보다는 글이 더 세련되었다는 것을 그의 수필집《망망대해에 돛단배를 띄우고》를 읽으면서 알게 되었다. 녹음기의 품질을 의심케 만들었던 그의 발음이 또렷하지 않은 것은 어쩌면 어린 날 그가 뇌염을 이겨낸 흔적일지도 모른다.

그리고 겉보기엔 아주 투박하지만 섬세한 감성을 갖고 있는가 하면, 저돌적인 면도 있고 어떤 일에 대한 집중력이 상당한 수준이라는 것을 인터뷰 동안 간간이 발견하곤 했다.

어린 날, 하고 싶은 공부를 못하게 하는 지게를 부숴 버린 용기(?)라든지, 억울한 조퇴처리를 한 선생님께 대들어 친구에게 업혀서 귀가할 만큼 두드려 맞으면서도 한 마디도 빌지 않은 일 등은 그의 저돌적인 면을 엿보게 한다.

"겨울이면 눈이 무릎까지 쌓이고 빙판이 되어버리는 산 고개 길을, 생선 궤짝을 머리에 이고 넘으시던 어머니…." (그의 수필 〈어머니〉

중에서)를 잊지 못한다든지, "…남의 덫에 걸린 새를 몰래 가져와 기르다가 들켜서… 싸리나무 회초리로 무섭게 내리치며 '바늘도둑이 소도둑 된다'는 가르침을 주시던 할머니…."(그의 수필 〈할머니〉 중에서)를 잊지 못하는 것은 그의 섬세한 감성을 말해 준다.

그는 가난한 빈농의 자식으로 태어나 그 시기의 많은 사람들처럼 대학을 다니지는 못했으나 고집스런 집중력과 타고난 성실함으로 자수성가를 이룬다. 연간 매출 1백억원대의 자기 회사를 경영도 해 보았고, 또 빚보증을 서 준 탓으로 실패도 한다.

한 번의 낙선에도 아랑곳 않고 아무 연고도 없는 자신에게 표를 준 유권자들을 배신할 수 없다며 다시 재도전해 수정구 도의원 제2선거구에서 당선을 따낸 그러한 기질이, 스스로 거짓을 말하고는 글을 쓸 수가 없는 '수필'에서도 묻어나는 것은 당연한 것이리라.

작년(2002년) 12월, 경기도의회 행정자치위를 상임위로 하면서 노후한 성남소방서 청사를 새로 지을 수 있는 경기도 예산 300억원을 확보한 사실은 그의 숨은 면모를 드러내주는 사례이다. 수정, 중원, 어느 곳이건 3천평의 땅만 시가 마련하면 그 예산으로 땅을 사들이고 건물을 지을 수 있음에도 그만한 땅도 마련하지 못하고 있는 지금 성남시장의 행정력과는 극명하게 대비되는 대목이 아닐 수 없다.

'망망대해에 돛단배를 띄우고'라는 그의 수필집 제호는 그가 자신을 그 돛단배로 은유하고 있으며 그가 가고자 하는 곳이 어느 방향인지를 짐작케 한다. 그가 그 항해를 성공적으로 마칠 수 있을지, 아니면 무참히 난파당할지는 아무도 모른다. 다만 인터뷰를 통해 느낀 바로는 그의 평생을 관통하는 '고집스런 저돌성'과 '섬세한 감성'의 모순적 조화의 힘이 결코 만만치 않았다.

지난 22일 마감된 한나라당 수정구 조직책 공모에 등록을 한 그가 지구당 위원장이 될지 안 될지는 모르나, 그가 한나라당의 원조격인

민자당, 신한국당을 거쳐 오늘에 이르기까지 해 온 정당생활을 보건대 결과에 불복하거나 할 그런 인물이 아니라는 점은 분명해 보인다.

인터뷰 머리글을 쓰면서부터 어떤 그림이 자꾸 떠오른다. 작년, 한나라당 시장후보 경선 당시 현 이대엽 시장은 경선 막판 절충에서 의외의 결과를 얻어냈고 결국 시장까지 되지 않았던가.

만일 이번 지구당 위원장이 중앙당의 낙점으로 결정된다면, 그리고 내년 총선 후보가 한나라당 말대로 당내 경선으로 선출된다면 웬지 그 경선 결과가 이 시장의 후보 결정과정의 재판이 되지 말란 법도 없지 않은가 하는 생각이 떠나지 않는다.

〈다음은 인터뷰 전문〉

- 어린 시절, 어떤 소년이었나.

▶ 중학교 2학년 중간고사 때였다. 시험공부는 해야겠는데 아버지께서 지게를 지워 자꾸 들로 내보내셨다. 그래서 아버지 안 계실 때 지게를 부숴버렸다. 그러나 그건 어린 마음이 저지른 일이었을 뿐 지게 없어도 할 일이야 널린 게 시골 아닌가. 그래서 어떻게 해서든 공부를 하고 싶어 부모님을 졸라 중3때 고모님이 계시는 서울로 올라왔다. 지금 생각해 봐도 난 고집에 뚝심이 좀 있는 것 같다.(웃음)

- 또 다른 일들도 많이 저질렀을 것 같은데(웃음).

▶ 중3때 서울 올라오기 전, 데모(?) 주동을 한 적이 있다. 실과 시간만 되면 전교생이 퇴비 만들기, 모심기, 교장선생님 밭일 등 일을 해야 했다. 그래서 실과 문제와 무자격 선생님 퇴출 등 5개항을 걸고 사흘간 데모를 한 적이 있었다. 아마 내가 대학을 갔었다면 전국적인 데모 주동자가 되지 않았을까. 가끔 생각한 적도 많았다(웃음). 그 일로 맞기도 참 많이 맞았지만 어쨌든 후배들은 더 이상 실과시간에 풀을

베거나 똥 푸는 일 등은 하지 않아도 되었다.

- 어린 시절에 잊혀지지 않는 선생님이 계신가.

▶ 초등학교 5~6학년 담임을 하셨던 최자 춘자 식자 쓰시는 선생
님이시다. 그 당시는 중학교를 시험을 봐서 들어갔었다. 오늘날로 말
하자면 방과 후 과외인데 선생님은 돈 한 푼 받지 않고 매일 가르쳐 주
셨다. 당시 우리들이 설천중학교 신입생 1~10까지 상위권을 휩쓸었
다. 아름다운 삶이 어떤 것인지를 말없이 우리에게 가르치신 것을 지
금에사 깨닫는다.

- 어머니는 어떤 분이셨나.

▶ 할머니 얘기부터 하고 싶다. 열두살 어린 나이에 민며느리로 시
집을 오셔서 사남매를 거두시고 나이 서른여덟에 홀로 되신 분이셨다.
그 할머니께 난 장손주였고 나들이 가실 때 길목마다 서있는 바위며
큰 정자나무에 언제나 절을 하시며 '우리 장손주 큰 사람 되게 해달
라' 비는 그런 분이셨다.

동지 섣달 그 추운 새벽마다 찬물에 목욕재계하시고 장손주를 깨워
세수를 시키시고 물가로 데리고 가 용왕님께 소지장을 태우며 비시고
손수 지으신 밥을 먹이곤 하신 어른이셨다. 한 번은 태몽 이야기를 하
시는데 우리 동네에 맑은 시내가 있었는데 가장 깊은 곳에서 물이 부
글부글 끓기 시작하더니 한참 후 아람드리만한 용이 하늘로 올라가는
것을 보셨다는 것이었다. 용왕이 점지한 장손주이니 부지런히 공부해
서 나중에 큰 사람이 되어야 한다고 언제나 손을 꼭 잡고 말씀하시더
라.

그 할머니께 한 번은 싸리나무 회초리로 무섭게 맞은 적이 있다. 어
린 마음에 남이 놓은 새덫에 걸린 새를 몰래 꺼내다 기르다가 들켰는

데 불같이 화를 내시며 '바늘도둑이 소도둑 되는 법'이라며 대성통곡
하며 사정없이 매를 내리치시더라. 그 할머님이 평생 가장 존경하는
분은 바로 장손주의 선생님들이셨다.

– 어머니 말씀은 아직 안 했다.(웃음)

▶ 자그마한 몸집에 힘은 장사이시고 인정이 많은 분이셨다. 동이
트면 일어나 소여물, 돼지먹이부터 시작해서 밭일 논일에 그 힘든 담
배농사를 언제나 말없이 해 내신 분이다. 한 번도 앓아 누우신 것을 뵈
온 적이 없는데 아마 앓아 누울 틈도 없으셨던 게 아닌가 싶다.

서울 유학생(?)이 되어 집에 왔다가 올라올 때는 내가 탄 버스가 안
보일 때까지 그 자리에 서서 바라보시던 모습이 잊혀지지 않는다. 그
어머니께 나는 인생의 희망이었을 것이다. "우리 정복이 언제나 어른
이 되나" 하고 들여다 보시며 하던 그 말씀은 말로 할 수 없는 당신 삶
의 무게와 고달픔을 그렇게라도 풀어내는 몸짓이었을 것이다.

겨울이면 덕유산 자락엔 눈이 많다. 무릎까지 빠지는 눈길에 빙판이
지는 산 고개를 생선 궤짝을 머리에 이고 기어이 넘어오시던 그 강인
한 모습 뒤에는 언제나 어렵게 사는 아이들을 챙기는 인정이 있으셨
다. 내가 방학 때 내려오면 중학교에 가지 못한 아이들을 불러모아 내
게 그들을 가르치게 하셨다. 그런 아들 모습이 어머니께 얼마나 흡족
한 보람이었는지 그 얼굴 표정이 지금도 생각이 난다.

세상을 떠나실 때 한 번 누우신 것이 내가 처음 본 아픈 모습이셨다.
암으로 쉰여섯에 돌아가셨는데 한 여성으로서의 어머니 삶이 얼마나
애잔하고 가여운지…… . (목이 메이고 눈이 벌개졌다)

– 태몽도 그렇고 지게 부순 일도 그렇고 고집을 한 번 세우면 여간해선
꺾지 않는 성품으로 보인다. 더 소개하고픈 '임정복'의 면모가 있다면.

새로운 변화와 감동의 정치를 하고 싶다 ― 권석중

▶ 서울로 고등학교 유학(?)을 온 곳이 고모님 댁이었는데 방이 하나 밖에 없어 잠은 독서실에서 자고 밥은 고모님 집에서 해결하고 그랬다. 어머니 고생을 조금이라도 덜어드리려고 '스튜던트타임즈' 라는 신문사를 찾아가 학생기자 겸 판매원이 되었다. 시흥에서 삼청동까지 통학하면서 신문을 팔고 학교에서는 주야간을 가리지 않고 신문을 팔았다. 그렇게 해서 등록금은 물론 해결할 수 있었지만 공부는 욕심만큼 하지 못했다.

당시 웅변부 학생이던 나는 삼일당 강당에서 열리는 전국웅변대회에 참가를 하게 되었다. 그 다음 날 어제의 웅변 참가를 다른 과목 선생님들은 다 출석으로 해주었는데 국민윤리 과목만 조퇴로 처리된 것을 알게 되었다. 그래서 따졌다. '학교를 대표해서 공식행사에 참가한 것을 조퇴로 처리하는 것이 말이 되느냐, 국민윤리를 배우는 목적이 뭐냐' 고 좀 당돌한 말을 하기도 했다.

당시 육사 출신으로 대령 예편을 한 분이 국민윤리 선생님이셨는데 아무튼 잘못했다는 말이 나올 때까지 나를 매질했고 나는 끝까지 그 말을 하지 않아 몽둥이가 몇 개가 부러져 나갔다. 나중에 친구들 등에 업혀 집으로 갔는데 지금 생각해도 난 내가 옳았다고 생각한다. 3년 동안 지각, 결석, 조퇴 한 번 하지 않은 나의 출석부에 그런 흠집을 남기고 싶지 않았다. 다음 학기 중간고사 때 국민윤리 과목은 백지를 냈으니 내가 생각해도 내 고집은 어떻게 해 볼 수 없는 데가 있다.

– 오늘의 '임정복' 을 유추할 수 있는 다른 기억은 없나.

▶ 운명을 생각하게 하는 세 번의 죽을 고비가 있었다. 첫 번째는 첫돌을 막 지났을 무렵, 수제비 끓는 솥에 빠진 적이 있었다고 한다. 왼쪽 허벅지, 배, 어깨 쪽에 그 화상 흉터가 그걸 증명하는데 사춘기 때는 고민도 많이 했었다. 마치 죽은 것처럼 늘어진 그 어린 것을 업고

백리가 넘는 영동까지 달음질하셨을 어머니의 그 때 그 심정을 생각하면 가슴이 메인다.

두 번째는 초등학교 4학년 때 일이다. 여름방학 후 막 개학했을 때 뇌염에 걸렸었다. 40리 밖 무주군 보건소에는 나 말고도 한 열 명이 뇌염으로 입원하고 있었는데 다 죽고 나만 살았다. 얼마나한 혼몽 속에서 처음 눈을 떴을 때 내 부모님들은 그저 울고 계셨다. 아마도 부모님의 간절한 기도가 나를 살리신 게 아닌가 한다.

세 번째는 도봉산 암벽타기를 하다 떨어진 사고였다. 1980년 2월이었는데 그 당시 나는 쉬는 날이면 산에서 살았고 특히 록클라이밍에 프로급 실력을 자랑할 때였다. 1978년 고상돈 선배가 에베레스트를 오르고 악우회 임덕룡 씨가 맥킨리봉을 등정한 직후였다. 갑자기 그 화창하던 날씨가 급변해 눈을 쏟아 붓길래 하강을 서두르다 실족을 했다. 아차 하는 순간에 27미터를 추락한 것이다. 아마 아파트 12~3층 높이였을 것이다. 정신을 잃기 전에 내가 무슨 짓을 한 줄 아는가? 왼쪽 비브람 등산화 끈을 챙겨 손에 쥐고 있었다. 엑스레이실 기사도 그 끈을 뺏지 못했다. 만일 하반신 마비라도 된다면 부모님 뵐 면목이 없으니 그 끈으로 목을 매 자살하려고 했던 거다. 대퇴부 세 군데에 금이 가고 골반과 다리를 연결하는 물렁뼈가 망가졌다.

6개월 뒤 쌍지팡이를 짚고 퇴원했고 한 달 후에는 그 지팡이를 버렸다. 아마 일어나야 한다는 고집도 한 몫 했을 것이다. 그리고 다시 암벽에 도전을 했다. 그러나 사시나무 떨 듯 이빨을 맞치며 오줌을 지릴 정도로 공포를 느끼고는 애지중지했던 암벽 장비들을 다른 동료들에게 다 나눠주었다. 그날 밤, 4홉들이 소주를 몇 병이나 마셨는지 모른다.

그 후 나는 내 인생을 내 것이 아니라고 생각했다. 아파트 13층 높이의 암벽에서 떨어진 어른치고 산 사람이 있던가. 죽었어야 할 놈이

살았으니 그것은 내가 산 것이 아니지 않겠는가. 그래서 봉사하는 삶을 생각하게 되었던 거다.

- 누가 그랬던가, 수필은 수채화 같다고 하더라. '문예사조 신인상' 까지 받았고, 또 현재 한국문인협회 회원인데 본인이 생각하는 자신의 작품세계는 어떻다고 생각하나.

▶ 본래 서정적인 가벼운 수필이 내가 추구하는 문학세계다. 그러다가 요즘에는 정치를 하다 보니 아무래도 현실 세계에 대한 생각을 담게 되더라. 그래서 요즘은 서정적인 쪽보다는 사회참여 쪽으로, 이른바 '중수필' 쪽에 가깝다.

최근에 모 일간지에 '포퓰리즘을 경계한다' 는 제목으로 글을 냈더니 한 이틀간 사무실이 마비될 정도로 협박전화가 오더라. 나는 비록 글재주는 없지만 우리 사회가 잘못된 것에 대해서는 바른 말을 해야한다고 믿는다. 요즘은 바른 말했다가 해가 돌아오니 말들을 아끼려하는데 그렇게 되면 사회가 어떻게 되겠나. 그래서 나는 쓴다.

- 포퓰리즘에 대해서는 다음 기회에 더 다루고 싶다. 수필을 택한 다른 이유라도 있나.

▶ 수필은 본래 간결하고 군더더기가 없는 글이어야 제 맛을 내지 않나. 나하고 요즘말로 코드가 맞는 것 같다(웃음). 특히 거짓말은 쓸래야 쓸 수가 없는 것이 수필이 아닌가 한다. 그래서 수필이 좋다. 쓰기가 편하다.

- 이제 정치 얘기 좀 하자. 학창시절 이후에는 제약업계에서 나름대로 성공한 것을 프로필에서 보았다. 그 노하우와 정치와는 어떤 관련성이 있나.

▶ 민자당 중앙상무위원 시절부터 국민보건 정책에는 나름의 견해가

있었다. 현재 한나라당에서는 의약분업과 관련해서 일조를 했다. 나는 지금도 의약분업을 반대한다. 뿐만 아니라 폐지되어야 한다고 본다.

– 왜 그렇게 생각하나.

▶ 지금 의료보험 재정은 의료보험 재정대로 '밑 빠진 독에 물붓기'가 되어 버렸고 인하병원 폐업에서도 나타나듯이 중급 병원들은 병원대로 망해 가고 국민은 국민대로 의료비가 너무 많이 드는 그런 상태인데 그것이 다 의약분업에서 온 것이다.

– 좀 더 구체적인 얘기를 해 달라.

▶ 웬만한 대학병원은 하루 환자가 한 3천명 쯤 된다. 그런데 이들이 처방전을 받아 약국에 가면 조제비가 1인당 3천원이다. 이런 대학병원이 전국적으로 어느 정도나 될지 상상해 보라. 매일매일 이 어마어마한 조제비가 약국으로 가는데 다 의료보험 재정에서 부담하는 것이다.

– 그렇다면 의약분업 전에는 약국 조제비가 없었는가.

▶ 없었다. 뿐만 아니다. 지금 약국들이 대형화 되는 것은 다 이 조제비를 따 먹을려고 하는 것이다. 목 좋고 큰 건물을 차지해서 대형화하고 얼마 전 TV 고발 프로그램도 있었지만 병원 앞에서 환자들을 자기 약국으로 서로 유치하려고 경쟁하는 것도 다 그래서다. 성남병원, 인하병원 다 문닫은 것에서도 나타났지만 앞으로 중급병원(Semi-hospital)들은 버틸 수가 없다.

– 병원 적자가 그러면 과거처럼 약을 취급하지 못해 일어났다는 것인가.

▶ 그게 아니다. 과거에는 의료기관이 1차 – 2차 – 3차, 이렇게 나눠

어져서 각각 초진비가 차등 적용되었었다. 1차가 2천원, 2차가 4천원, 3차가 7천원 이런 식으로 정확히는 기억이 안 나지만 아무튼 그랬다. 그런데 지금은 이것이 똑 같은 초진비를 받는다. 그러다 보니 환자들이 골목 의원에서 한 번에 치료를 끝내거나— 요즘 시설이나 의술이 많이 발전하지 않았나?— 아니면 대형병원으로 간다. 감기환자들도 서울대학병원으로 간다. 그러니 중급병원들은 살아남을 수가 없다.

- 제약업계에 계셨으면 약국을 두둔해야 하는 것 아닌가.

▶나는 약품유통업을 했고 병원 납품을 주로 했다. 그러나 그게 문제가 아니다. 의약분업 전에 남아돌던 의료보험 재정이 지금 바닥이 나지 않았나. 이것을 근본적으로 손질하지 않으면 장차 의료보험 자체가 위협받게 되고 국민들만 부담이 늘어난다.

- 그러면 만일 국회의원이 된다면 보건복지위를 상임위로 할 것 같은데.

▶ 물론이다. 의약분업은 이제 전공과목이다. 이것 하나 제대로 만들어도 국회의원 한 보람이 있는 일이다. 약사들과 의사들의 투쟁이 아니라 국민과 의료체계간의 투쟁으로 보아야 한다. 그런 일을 하고 싶다.

- 2000년 6월에 도의원 재보궐선거에 출마한 것으로 아는데.

▶ 건방진 얘기지만 사실 정당생활은 하고 있었으나 시의원이나 도의원에는 관심이 없었다. 당시 K 지구당 위원장이 4월 총선에서 낙선을 하고 지구당을 제대로 추스르지 못해 허재안 도의원의 총선 출마로 궐석이 된 제2선거구 재보궐 선거에 후보자를 내지 못하는 상황에 빠져 있었다. 원래 나는 신흥 주공에 살고 있었으니 거기는 제1선거구이고 이쪽 제2선거구 태평동 쪽에는 아무런 연고도 없고 또 한 일도 아

무 것도 없었다. 결국 등을 떠밀려 등록마감 5일 전에야 출마 결심을 하게 되었던 거다. 결국은 낙선을 했지만 그래도 제법 표가 많았다. 그게 너무 고마워서 사흘 동안 선거운동하듯이 골목을 다니며 감사하다는 인사를 했다.

- 그래서 결국 작년 6월 선거에서 설욕을 한 것인가.

▶ 그렇다. 쟁쟁한 사람들이었다. 재보궐에서 당선되었던 김종식 씨, 3선 시의원에 시의회 부의장이었던 전준민 씨, 그리고 2선 시의원이었던 김미희 씨, 이렇게 싸워 내가 성남시 최다 득표로 당선됐다. 생각할수록 우리 유권자들이 고맙다.

- 작년엔 한나라당 바람이 불었었는데 승리 요인은 무엇이라고 보나.

▶ '맨발로', 이것이 답이다.

- 정치란 한 마디로 무엇인가.

▶ 봉사다. 모든 정치는 봉사의 본 뜻에 어긋나서는 안 된다. 이것은 내 소신이다.

- 정치가 봉사라면 어떤 봉사를 하고 싶은가.

▶ 다들 개혁, 개혁하는데 나는 새로운 변화와 감동의 정치를 하고 싶다. 이 감동은 봉사의 정치를 해야만 가능한 것이다. 말로만 봉사해서 되는 게 아니다. 진짜로 생활 속으로 들어간 정치를 해야 가능하다.

- 좀 더 구체적으로 말해 달라.

▶ 도의원을 해 보니 할 일이 너무 많더라. 내가 도의회에서는 강성의원으로 소문이 나 있는 것도 일 욕심 때문이다. 나를 미워하는 관료

들이 많다고 하더라.

한 예로, 성남소방서 터는 5백30평인데 인구 34만명 때인 25년 전인 1979년도에 지은 것이고, 전국 어디에 가도 이런 소방서가 없을 정도로 노후 건물이다. 수정, 중원의 지금 인구가 55만명이다. 내가 도의회 행정자치위 소속인데 소방본부장을 직접 불러서 보여줬다. 건물 곳곳이 갈라지고 비가 새고……. 이런 근무환경에서 어떻게 100만 시민의 생명과 재산을 안전하게 지킬 수 있는 사기가 생기겠냐고 말했다. 그리고 손학규 지사하고 담판을 하고 해서 새로 3천여 평 짜리 소방서를 지을 수 있는 도비 예산 3백억원을 땄다.

그런데, 참 우스운 것은 성남시가 그 땅 3천평을 찾지 못하는 거다. 땅만 정하면 도비로 땅을 사서 건물을 짓겠다는 것인데 그 땅을 찾지 못한다는 게 말이 되나. 작년 12월에 K 의원, L 의원 등과 같이 L 시정 책임자를 만나 이 얘기를 한 이후 지금까지도 예산이 잠을 자고 있다.

수정, 중원의 인명과 재산을 재난으로부터 보호하기 위한 최선의 시설을 만들 수 있는 예산, 그것도 도비 3백억원을 만들었는데, 만일 다른 시, 군 같았으면 난리가 났을 것이다. 내가 생각컨대는 일반 땅이 없으면 그린벨트라도 풀어서 재난관리 시설인 소방서를 마땅히 건립해야 한다고 믿는다.

우스운 얘기 한 마디 더 하겠다. 얼마 전 L 의원 측근을 만나서 이런 얘기를 했다. 국회의원 3선 하는 동안 아무 관심도 없다가 이제 도의원들이 소방서 신축 도비 예산을 확보하니까 그것에 손을 대려 하느냐, 할 일은 많다. 중부경찰서도 수정구 건물 아니냐. 중부서도 대단히 협소하고 노후되었으니 그 중부서 신축 예산을 중앙에서 확보해 내려보내라. 과거 L 의원이 공천한 S 도의원이 3선을 했으면서도 소방서에 대해서는 마음 쓰지 아니 했던 일이다. 그러니 이 소방서 건은 손대

지 말아 달라.

얼마 전에도 경기도 소방본부장에게 경고했다. 일을 빨리 진행하지 않으면 손 지사에게 따지겠다고……. 또 성남시 S 부시장에게도 질책도 했다.

"시장이 행정을 잘 모르면 당신이라도 나서야 되는 것 아니냐. 부시장이 뭐 하는 사람이냐?"

성남시를 위해서는 이래서는 안 된다. 도의원은 꿀벌이다. 꿀벌이 꿀을 따와도 그것을 저장하고 쓸 줄을 모르는 지금의 상황은, 벌지도 못하고 가져와도 쓰지도 못하는 그런 형국이다.

이와 같이, 남들이 말로 개혁, 개혁할 때 나는 변화를 추구하고 감동을 주려고 한다. 그것이 나를 뽑아 준 시민들을 배신하지 않는 길이라고 믿는다.

- 토담농장은 뭐하는 곳인가. 혹시 이곳에서 돈을 버는 것인가. 돈 버는 일이 눈에 안 띄던데(웃음).

▶ 아버님께서 손수 일구신 한우목장이다. 내일이라도 당장 보여줄 수 있다. 요 옆 광주시 초월면 쌍동리 산 290번지다. 소는 한 30마리쯤 된다. 지금 큰 소 한 마리 값이 한 1천만원 간다고 하니 꽤 되는 셈이다.

- 거기에서 봉급 받나(웃음).

▶ 그건 아니다. 그러나 아버님 목장이고 내가 장남이니 내가 어려우면 아버님이 나 몰라라 하시지는 않을 것이라고 믿고 있다. 생활비는 집 사람이 직장생활하며 번다. 또 서울 쪽 기업하는 지인들이 조금씩 도와주는 것도 있고…….

- 현재 중앙선관위 선거법 개정의견이 정치자금에 대해서도 과거와는 다른 전향적인 조치를 검토하고 있던데 정치 신인들에게도 좋은 선물이 될 것 같다. 도의회 활동에서 더 소개하고픈 것은 없나?

▶ 경기도 행정동우회에 대한 선심성 예산지원을 개선시킨 사례도 있다. 자세한 내용은 말하기 좀 그런데, 아무튼 매년 2억원씩을 근거에도 없이 지원하길래 중지시켰다.

지금 복정동 '다사랑복지마을'에 가면 손, 발이 없는 중증장애인들이 최성구 목사님의 사랑으로 모여 살고 있다. 겨울만 되면 난방비가 없어 추위에 떨고 한 달 생활비 한 분당 15만원으로 사는 분들을 위해 시 사회복지과에도 말해 보고 도에도 물어 보았으나 시설기준에 맞지 않는 시설이라 해서 아무 지원도 할 수가 없다 하더라.

개인적으로 일일찻집을 해서 그 분들을 도우려고 했지만 그게 얼마나 도움이 되겠나. 앞서 말한 행정동우회에 지원한 돈의 단 1%만 지원해도 그 분들이 겨울을 따뜻하게 날 수 있는데 참 안타까운 일이다.

국회의원을 하려고 하는 것이 바로 이런 대목이다. 도의원 힘으로는 이러한 모순을 해결할 수가 없었다.

- 현재 도의원들은 어떤 입법활동 지원을 받고 있나.

▶ 보좌관 1명도 없고 입법조사활동비 한 푼 없다.

- 이번 지구당 위원장에 도전했는데 자신은 있나.

▶ 알 수가 있나. 자신감 가지고 될 일도 아니다. 그러나 나는 민자당 시절부터 10년간 한 길로 당을 지켰고 과거에는 중앙에서 지명을 하곤 했는데 이젠 그런 분위기가 아니지 않는가. 그래서 할머니의 태몽 용꿈이 맞는지 도전해 보려고 한다.(웃음)

- 만일 위원장이나 후보 경선에서 패배하면 승복하나.

▶ 물론이다. 내가 선거운동원이 되어 앞장설 것이다.

- 본선 경쟁자들은 어떤 사람들로 예상하는가.

▶ 지금 민주당 사정이 복잡하니 어려운 질문이다. 그러나 이윤수 의원은 어떤 경우에도 3선 의원의 입지를 시험해 볼 것이라고 생각한다. 또 이인제 의원이 하는 자민련도 후보를 낼 것이고, 신당이든 민주당이든 후보가 나올 것이다. 그러면 결국 한나라당 대 다자 구도 아닌가. 투표율을 50~60%로 본다면 3만 5천표가 당선권이 될 것으로 본다.

- 성남시의 가장 시급한 현안은 무엇으로 보는가.

▶ 서울공항을 옮겨야 하는 일이다. 지금 고도제한이 완화됐다고 좋아할 일이 아니다. 근본적으로 서울공항을 옮겨야 고도제한 문제가 해결된다. 분당은 30층 이상이 올라가는데 수정, 중원은 15층으로 절반밖에 올라가지 못하고 있다. 가뜩이나 비좁은 땅에 토지효율이 얼마나 떨어지는가. 이런 것들을 해소해야 수정, 중원과 분당은 격차가 해소되는 것이다.

- 끝으로 덧붙이고 싶은 말이 있다면?

▶ 나는 자수성가한 사람이다. 대해약품은 연간 1백억원의 매출을 올리던 회사였다. 비록 친구의 빚보증을 섰다가 실패하긴 했지만 많은 경험이 남았다. 내 별명이 '의리의 돌쇠' 다. 정의가 무너진 지금 사회에서 "자연을 아름답게, 사회는 밝고 명랑하게" 만들어 가는 데 남은 생을 바치고 싶다.

 (참고로 위 슬로건은 그의 사무실 벽에 써 있는 것인 줄을 인터뷰 마치고 나오면서 보았다.)

호지명胡志明 같은 지도자를 기다리며

김진홍
(두레마을 공동체 목사)

나라 사정이 혼란스러워질수록 지도자에 대하여 생각하게 된다. 지도자의 인격과 경륜의 정도에 따라 나라와 백성들의 사정이 달라지겠기 때문이다.

나는 지금 이 나라에 호지명(胡志明) 같은 지도자가 나라를 이끌었으면 하는 마음 간절하다.

내가 호지명에 대하여 관심을 가지게 된 동기는 그가 다산 정약용의 《목민심서》(牧民心書)를 정독하였다는 말을 듣고 나서부터이다. 그는 비록 공산주의자였지만 우리가 아는 여느 공산주의자들과는 판이하게 달랐다. 그는 평생에 정적을 숙청한 적이 없었고 자신을 우상화하거나 신격화하는 일이 없었다. 그는 국민들로부터 '호(胡) 아저씨'로 불리면서 일생을 청빈하게 독신으로 살았다. 죽을 때는 옷 한 벌, 신 한 켤레만 남기고 죽었다.

마치 메뚜기와 코끼리 사이의 싸움에 비유할 수 있을 월남과 미국간의 전쟁에서 월남이 승리할 수 있었던 것은 지도자 호지명의 인격과 지도력에서 비롯된 것이었다.

호(胡)가 월남 국민들로부터 어느 정도의 지지와 신뢰를 받았느냐

하면 남·북 월남이 서로 전쟁을 하던 중에도 호지명의 생일이 되면 적인 남쪽 월남에서도 국민들이 가게 문을 닫고 그의 생일을 기릴 만큼 전 국민의 존경을 한 몸에 받았다.

백성들은 굶주림으로 죽게 하면서도 궁전을 지은 북녘의 지도자에 비하면 하늘과 땅만큼이나 차이가 있는 지도자였다.

대장부 가는 길에

— 봉사단을 이끄는 임 선생님에게

지대용(지교헌)

(전 정신문화연구원 교수)

　임 선생님, 그동안 안녕하시고 봉사활동도 원활히 추진되고 있겠지요. 추분이 지나고 한로를 맞이하니 벌써 설악산 단풍이 등산객을 유혹하고 산과 들에는 황금물결이 무르익고 있네요. 봄부터 악화하였던 두통이 많은 차도를 보여 이제는 좀 자판을 두들겨 볼 힘이 나는구려.

　임 선생님과 내가 처음 만난 것은 거의 10년 전, 글 쓰는 사람들의 모임에서였는데 그 후 얼마 아니하여 임 선생님은 정의사회구현 봉사단을 조직하여 운영하면서 나에게 지도교수를 맡아달라고 부탁하였지만 나는 그때 정중히 사양하면서 봉사단 운영을 시기상조라고 하였지요. 이유는 임 선생님이 먼저 돈이나 많이 벌기를 바랐던 까닭이지요.

　왜냐하면 임 선생님은 사업하는 친구의 채무를 보증하였다가 파산을 당하고 전혀 회복하지 못한 상태였고 봉사활동이라는 것도 돈 없으면 중도에서 좌절되기 쉽기 때문이었지요. 아무리 봉사활동이 중요하고 시급하다고 하더라도 적극적인 후원자를 만나기도 어려운 상황에서 기금마련이 제대로 안 되면 곤란하니까요.

　임 선생님은 봉사단을 시작하기 전에 작은 신문사를 운영하다가 2

년도 버티지 못하고 그만 둔 일이 있었지요? 그런 것 저런 것 다 그만 두고 다시 돈 버는 사업이나 열심히 하여 힘겨운 축산업에 종사하시는 춘부장님 고생도 덜어드리고 가정도 안정시키는 것이 좋겠다고 내가 여러 번 충고하였지요. 그때 임 선생님은 내가 하는 말에 귀를 기울이며 묵묵히 받아들이는 모습이었지만 그 후로 보니 나의 기대에 크게 어긋나기만 하더군요. 돈 벌 궁리보다는 사회봉사나 정치에 관심을 기울이는 것 같았기에 말이오.

솔직하게 말하여 나는 그때 정치나 경제나 사회를 비롯한 모든 분야가 돈과 권력에 지배되는 도도한 풍조에 휩싸여 돈의 위력에만 정신을 잃은 멍청한 사람이 되어 있었지요. 그러나 시간이 흐르는 동안에 나는 점점 임 선생님이 확고한 신념을 가지고 성실히 사회봉사활동을 추진하는 모습을 지켜보면서 내 마음이 서서히 움직이기 시작했답니다.

민주시민의 한 사람으로서 무엇보다도 사회와 정치에 무관심한 것처럼 비겁하고 에고이스틱하고 부끄러운 일은 없다는 것을 새삼스럽게 깨달았지요. 나는 차츰 임 선생님에게서 몇가지 가능성을 발견했답니다. 정치에 대한 끊임없는 열정과 쉽고 작은 일부터 실천하는 정신이었습니다.

임 선생님이 봉사단을 위하여 나에게 특강을 부탁하였을 때, 나는 '미국의 빈민층과 사회정의'라는 제목으로 미국 역사의 이면에는 경제성장의 그늘에 가린 빈민층이 있었고 빈민층에서 발생하는 사회병리적 문제들을 해결하기 위하여 많은 봉사단체가 활약한 사실을 이야기하였지요.

나는 임 선생님이 이끄는 봉사단이 한국의 빈민층에서 발생하는 사회문제를 극복하는 데 공헌되기를 바라고 있으며, 나의 바람은 결코 허망한 것이 아니라고 믿어요. 하나의 힘은 작지만 모두의 힘은 큰 것이고 하나의 힘은 모두의 힘으로 발전하는 원동력이니까요.

나는 임 선생님이 언제나 봉사활동에 열정을 잃지 않을 뿐만 아니라 또한 적절한 시기에 단장이라는 자리를 미련 없이 다른 사람에게 내주는 것을 보고 흐뭇한 마음을 갖게 되었지요. 사회의 각계 각층에는 적당한 후임자가 없다는 핑계를 내세워 너무나 오랫동안 자리를 독점하여 많은 사람들의 빈축을 사는 사례가 있는 것을 보면, 임 선생님은 나아가야 할 때와 물러나야 할 때를 알고 용기 있게 실천하는 훌륭한 리더쉽을 본보기로 보여주었어요.

그리고 나는 단 한 번도 임 선생님이 자기의 공로를 내세우고 자랑하는 것을 본 일이 없었지요. 아무리 좋은 일을 많이 하더라도 거기에 교만이나 공치사가 따르면 그 공은 모두 물거품이 된다는 것을 깨달아야 하거든요. 남에게 봉사하거나 베푸는 일은 자랑하기 위한 수단이 되어서는 안 되지요. 왜냐하면 겉으로는 허울 좋은 명분을 앞세워 놓고 속으로는 사리사욕을 꾀하는 비열하고 불순한 행위가 되기 때문이지요.

그런 지도자 밑에서는 구성원들의 언로가 열리기 어렵고 응집력이 와해하기 때문에 사기와 열정이 저하하여 단원들이 슬금슬금 뒷걸음질을 치게 되고 한 사람 한 사람 탈퇴하다가 쓸개 없는(?) 사람들만 남게 마련이지요.

나는 임 선생님이 단 한 번도 단원의 잘못을 공공연히 비난하거나 성토한다는 이야기를 풍문으로나마 들어본 일이 없답니다. 혹시 단원의 실수가 있어도 사람은 누구나 그런 처지에 놓이면 그럴 수밖에 없을 거라고 변명해 주는가 하면, 회원간의 연락과 친교를 위하여 회원 주소록을 수시로 보완하여 공개하고, 회칙을 자주 상기시키고, 회비징수부와 경리내역을 수시로 공개하고, 토론회를 자주 열고, 모일 때마다 화기애애한 분위기를 조성하여 회원들로 하여금 일종의 만족감과 성취감을 느끼게 한다지요.

임 선생님은 대학원 지도자과정에서 많은 학문적 이론을 공부하였지만 그밖에도 마치 동서양의 좋은 고전을 모두 섭렵하여 지도자의 철학을 공부한 사람처럼 온화하고 겸손하여 많은 사람들이 임 선생님을 안심하고 믿을 수 있답니다. 예로부터 훌륭한 지도자는 말이 적고 솔선수범하며, 구성원들의 갈등과 대립을 통합하고, 빛나는 공적은 아랫사람에게 돌리고, 구성원 각자의 능력을 최대한으로 발휘할 수 있도록 노심초사하여 도와주는 사람이지 결코 군림하는 자도 아니고 섬김을 받는 자도 아니니까요. 지도자의 비극은 사리사욕이나 공명심에 사로잡혀 이런 간단한 상식과 평범한 철학을 깨닫지 못하는 데 있는 법이지요.

임 선생님! 그런데 아무리 임 선생님이 듣기 싫어하더라도 나는 또 이 자리에서 '정치적인 욕심은 버리고 돈이나 듬뿍 벌라'고 말하고 싶네요. 임 선생님이 땀 흘려 버는 돈은 임 선생님을 탕자나 수전노 같은 속물로 타락시키지 아니하고 모두 정의사회 구현을 위하여 값지게 쓰여질 것을 나는 확신하니까요.

언제나 너그럽고 부드럽게 봉사단을 이끌어 나가시는 임 선생님, 대장부의 참된 용기는 자기의 잘못을 깨닫고 부끄러워 할 줄 아는 것이며, 대의(大義)를 위하여 소의(小義)를 버릴 줄 알고, 정의를 위하여 불의를 용납하지 않는 것이라고 생각합니다. 약자 앞에서는 항상 머리를 숙이고 강자 앞에서는 시비(是非)와 곡직(曲直)을 철저히 가리며, 공사(公私)를 엄격히 구분하고 정의사회 구현을 위하여 소외계층을 돕고, 불의와 부조리와 부당한 권력에 굴복하지 않는 임 선생님을 존경합니다.

다음 행사 때는 건강한 모습으로 만나 희희낙락하기를 마음에 다지며 이만 줄입니다.

2004. 10. 15

지대용 드림

삶, 도전 그리고 희망

·

지은이 / 임정복
펴낸이 / 김재엽
펴낸곳 / **한누리미디어**

·

100-845, 서울시 중구 을지로 2가 148-73
신화빌딩 401호
전화 / (02)2278-4513, 2268-4514
팩스 / (02)2268-4524

·

등록 / 제16-467호(1993. 11. 4)

·

초판발행일 / 2005년 10월 10일

·

© 2005 임정복 Printed in KOREA

·

값 10,000원

·

E-mail/hannury2003@hanmail.net

·

※잘못된 책은 바꿔드립니다.
※저자와의 협약으로 인지 부착을 생략합니다.

ISBN 89-7969-276-5 03810